길고양이로 사는 게 더 행복했을까

길고양이로 사는 게
더 행복했을까

박은지 지음

하루하루가 더 소중한 시한부 고양이 집사 일기

미래의창

제이가 두 발로 일어서서 컴퓨터를 하고 있는 남편의 등을 앞
발로 툭 쳤다. 제이를 쳐다본 남편이 "야옹" 하고 울었다. 그
러자 제이가 남편을 빤히 올려다보면서 "야옹" 하고 대답했
다. 그러고는 둘 다 할 얘기가 끝났는지 남편은 샤워를 하러
들어가고, 제이는 그 자리에서 그루밍을 시작했다. 나는 그 자
연스러운 집안 풍경을 곁눈질로 지켜보며, 한가롭게 읽던 책
을 마저 읽는다.

연애나 결혼을 통해 사랑하는 사람과 친밀한 관계를 쌓
아가다 보면 서로의 영향을 받아 조금씩 변하게 된다. 결혼
후 나는 남편의 입맛을 따라 회를 먹을 수 있게 되었고, 남편
은 고양이와 대화할 수 있는 능력이 생겼다. 지금 생각해보면
몇 년 전까지만 해도 생각지도 못했던 일이다. 나를 만나기

전까지 남편은 고양이를 전혀 좋아하지 않는, 아니 고양이를 싫어하는 사람이었기 때문이다.

배우자와 반려동물에 대한 가치관이 다르다는 것은 생각보다 중요한 문제다. 내 주변에는 지금도 막 결혼을 하려고 준비하거나, 한창 신혼을 보내고 있는 부부들이 많다. 그 시점에서 벌써 반려동물을 키우고 있는 경우는 대부분이 결혼 후에 새롭게 동물을 입양한 것이 아니라, 결혼 전에 한쪽이 키우던 동물을 데려온 것이다. 그런데 아무래도 반려동물과 함께 살아온 시간이 다르다 보니, 그 반려동물을 대하는 마음이나 자세에 온도차가 심할 때도 있다. 그리고 그로 인해 생각보다 심각한 갈등이 발생하기도 한다.

고양이와 원래 함께 살아온 집사들은 고양이가 사고를 쳐도 너그럽게 받아들이고 원인을 탐색할 여유가 있는 반면, 동물과 함께 사는 게 익숙하지 않은 사람들은 그것을 '문제 행동' 혹은 '훈육의 대상'으로 여기는 경우가 많은 것 같다. 배우자뿐 아니라 반려동물까지 가족으로 받아들이고 평생 함께 하기로 약속했다면, 그 뒤에는 많은 대화와 이해를 통해 함께 사는 방법을 배우고 가치관의 격차를 줄여나가는 과제가 남아 있다. 사실 이는 단순히 반려동물을 이해하느냐, 혼내느냐의 문제가 아니라 한 생명을 대하는 서로의 태도를 바라보는 일이다.

반려동물에 대한 가치관이 서로 다를 때, 단순한 생활습관뿐 아니라 반려동물에게 많은 시간과 돈을 써야 하는 문제가 발생한다면 어떨까. 즉 아프거나 늙고 병든 반려동물을 돌보는 것에 우리는 서로 간단히 동의할 수 있을까. 동물을 키우는 사람들조차 반려동물이 늙고 병들어 돌보기 어려워지면 쉽게 안락사를 권유하기도 한다. 그다지 희망이 없는 반려동물에게 많은 비용과 시간을 들이는 걸 이해할 수 있는 사람은 얼마나 될까? 거의 평생 동물을 키우며 살았던 나와 동물을 키워본 적 없는 남편 사이에서 그 가치관의 차이는 컸다. 제이의 항암 치료가 우리 각자에게 미치는 의미가 다르다는 사실이 당시 우리를 더 힘들게 했다.

모든 사람이 고양이를 사랑할 수는 없다는 사실을 안다. 세상에는 고양이를 싫어하는 사람들도 아주 많고, 그들은 고양이 없는 삶을 살아가면 된다. 하지만 반려동물을 키우기로 결심했다면, 그래서 내 삶에 한 생명을 들여놓았다면 우리는 그 작은 동물을 나름대로의 방법으로 끝까지 책임져야 한다.

내가 동물과 17여 년 동안 살아오며 세워온 가치관을, 동물과 한 번도 살아보지 않았던 남편에게 전달하며 온전히 이해해 달라 부탁하는 것은 무리였을지도 모른다. 게다가 몇 번의 대화를 나눈다고 해서 동물과 사는 삶을 마음 깊이 받아들일 수 있는 것도 아닐 것이다. 하지만 당연하게 이루어지는 일은 없기에, 그 과정에서 한 가정을 이루고 살아가는 가족들은 모두 조금씩은 돕고 양보하며 노력할 수밖에 없다. 결국은 함께 살아가면서 그 나름대로의 공생 방법을 찾아가는 수밖에.

반려동물을 키우던 아내, 반려동물이 낯선 남편, 그리고 한껏 귀여운 면모를 뽐내는 노력을 한시도 그치지 않고 있는 고양이까지, 우리는 지금도 가족이 되어가는 법을 배우고 있다.

차례

△△

1

고양이를 싫어하는
당신의 첫 번째 고양이

△△
그의 내키지 않는
데이트

봄에서 여름으로 넘어가는 선선한 계절, 우리는 첫 부산 여행을 갔다. 그는 웃을 수도 없고 울 수도 없는 듯한 애매한 표정을 하고 나를 따라 걸었다. 도저히 데이트에 성실하게 임하는 남자친구라고는 할 수 없을 만한 얼굴이었지만 나는 열심히 그를 안심시켰다.

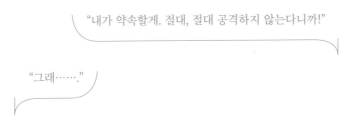

"내가 약속할게. 절대, 절대 공격하지 않는다니까!"

"그래……."

그는 내 말을 믿지 않는 듯 미지근한 반응이었다. 어쨌든 점심은 먹어야 하니까, 미리 찾아두었던 파스타 가게 앞에 도착했다. 무심한 듯 아기자기하게 꾸민 실내에 들어서서 2층으로 올라가려 하자, 사장님이 자연스럽게 물었다.

"2층에는 고양이가 있는데 괜찮으세요?"

물론 괜찮았다. 우리는 고양이가 있는 장소를 찾아서 일부러 여기까지 온 것이니까. 우리는 조심스레 2층에 올라가 작은 테이블에 자리를 잡았다. 손님은 우리밖에 없었다. 우리가 잠시 주위를 두리번거리는 동안 인기척을 느꼈는지, 가게 고양이가 멀찍이서 나타나더니 멀뚱멀뚱 우리를 쳐다보았다. 그 고양이는 이내 옆 테이블 의자에 몸을 말고 누웠다. 그러고는 우리가 떠날 때까지 한 번도 깨지 않았다.

고양이가 꺼림칙하기는 해도, 여자친구가 가보고 싶다는 곳에 함께 가주고 싶은 다정한 남자친구였던 그는 '고양이를 이렇게 가까이서 본 건 처음'이라고 했다. 그는 신기한 듯 고양이의 잠든 모습을 가까이서 들여다보았다. 나는, 내가 좋아하는 친구끼리 친해지도록 만든 자리를 성공적으로 마친 주선자처럼 들떴다.

내 남자친구는 고양이를 싫어했다. 그가 길고양이를 만나면 겁을 주고 위협해 쫓아내는 사람이라는 것을 나중에야 알게 된 나는 깜짝 놀랐다. 고양이를 도대체 왜 싫어하냐고 묻자, 그는 실은 싫어한다기보다 무서워하는 거라고 털어놓았다. 밤길에 불쑥불쑥 나타나는 것도, 날카로운 눈으로 쏘아보는 것도 싫고, 무엇보다도 자신을 공격할 것 같아서 먼저 쫓아내곤 했다는 것이다.

길고양이가 불쑥 나타나면 깜짝 놀랄 수야 있지만, 실은 고양이도 너만큼 놀랐을 거라고 웃으며 나는 '길고양이는 절대 너를 먼저 공격하지 않는다'고 설명했다. 정말 예외적인 상황이 있을지는 모르겠지만, 가만히 지나가는 사람을 고양이가 일부러 공격하는 일은 없다. 그는 그런 내 말을 잘 믿지 않았다. 그래서 우리는 종종 고양이가 있는 장소에서 데이트를 했다. 나는 반려동물 잡지사에서 일했던 적이 있어서, 고양이가 편하게 머무는 장소를 꽤 많이 알고 있었다. 고양이가 있는 레스토랑, 카페, 바 같은 곳에 가면 고양이들은 대개 손님에게 별 관심이 없었다. 높은 곳에 올라가 한가롭게 꼬리를 살랑거리거나, 빈 의자에 앉아 깊은 잠에 빠져들어 있을 뿐이었다.

고양이와 한 장소에 있어도 아무 일도 일어나지 않자, 어느덧 그는 옆자리에 앉은 고양이를 물끄러미 바라보는 정도의 용기는 발휘할 수 있게 되었다. 그는 드디어 고양이가 아무 이유 없이 사람을 공격하지 않는다는 사실을 어느 정도 믿게 된 것 같았다. 그것만으로도 나는 만족했다.

　물론 나를 만나지 않았다면, 그가 굳이 고양이와의 거리를 한 뼘씩 좁혀갈 필요는 없었을 것이다. 그는 그냥 고양이를 무서워하면서, 고양이가 싫다고 생각하면서 살면 된다. 내가 고양이를 싫어하는 모든 사람의 가치관을 바꿔놓고 싶다는 무리한 포부를 갖고 있던 건 결코 아니다. 그에게 고양이를 소개시켜주고 싶었던 이유는 딱 하나였다. 우리가 아마도 결혼할 것 같았기 때문이다.

　연애를 하는 동안 우리는 내내 서로의 관심사나 취미에 흥미를 보이는 척했다. 하지만 스치지도 못한 채 각자 살아왔던 30여 년의 시간만큼 우리에게는 서로 다른 점이 훨씬 더 많았을 것이다. 다만 당신이 좋아하는 것을 내가 싫어하고 싶지 않다는 마음으로 우린 조심스레 그 간극을 좁혀가고 있는 중이었다. 그렇게 꽉 채운 2년의 연애의 끝에 나는 그와 결혼했다.

△△
고양이를 싫어하는 사람과
삶을 나누게 되었다

혼자 사는 것은 예전부터 갖고 있던 꿈이었다. 오직 혼자서, 아무런 간섭을 받지 않고 밤늦게 샤워를 하거나 한낮에 맥주를 마시고 싶었다. 누구에게 조언을 구하거나 의지하지 않는, 오롯이 혼자인 삶을 살고 싶었다. 그래서 대학교에 원서를 쓸 때에도, 첫 직장에 면접을 보러 갈 때에도 나는 부모님과 상의하지 않는 딸이었다. 고민거리가 있어도 어차피 스스로 해결해야 하는 일이라고 생각해 친구들에게 잘 털어놓지 않았다. 그렇다고 해서 반항을 하거나, 엉뚱한 사고를 치고 다니는 건 아니었다. 그저 혼자서 무엇이든 결정하고 책임지는 것이 천성적으로 편했다.

20대가 되어서는 자주 혼자 여행을 다녔다. 누굴 만나면 그 사람과 하잘것없는 이야기를 재잘재잘 멈추지 않고 떠들어야 한다는 생각에 늘 조금씩 부담이 되었다. 물론 내 곁에 좋은 사람들이 있다는 건 감사한 일이었지만 사람과의 관계가 나를 완벽히 지탱해주는 것 같지는 않았다. 누군가와 함께 있어도 내면 어딘가에는 늘 외로움의 허기를 느끼는 어린 동물이 있었다. 무엇이 그걸 온전하게 충족시켜줄 수 있는지 나는 몰랐다. 그 텅 빈 고독의 영역을 지켜보고 있노라면 때로는 혼자인 것이 나았다.

어느 날 여러 가지 상황이 맞아떨어지며 손바닥만 한 원룸을 계약해 번갯불에 콩 구워 먹듯 독립을 했다. 그 작은 집에 고요히 머물러 있는 시간이 좋았다. 침묵에 귀를 기울이고 싶어 새벽 늦게까지 깨어 있거나, 쉬는 날 하루 종일 아무 말도 하지 않고 책을 읽기도 했다. 아마 나는 평생 혼자 사는 것도 좋겠다고 생각했다. 다섯 걸음만 걸으면 집안의 물건을 다 만질 수 있는 그 작은 공간이 내게 온전한 자유처럼 느껴졌다.

그러는 동안에도 연애는 (남편에게는 딱 두 번밖에 하지 않았다고 말했지만) 자주 했다. 좋은 연애도 있었지만 하지 않는 편이 나았던 연애도 있었다. 사랑에 온몸을 풍덩 담그는 것은 너무나 에너지가 필요한 일이라 항상 몸을 사린 탓인지도 몰랐다. 연애는 다른 사람으로 인해 내 모든 것이 뒤바뀔 수도 있는 과감한 행위였다. 하지만 나는 다른 사람으로 인해 나의 생활이 무너지는 것이 싫었다.

어차피 사랑에 빠지지 못할 바에야 이런 소모적인 연애는 더 이상 하지 말자, 그렇게 굳건히 다짐할 때쯤, 다짐이 무색하게도 나는 또 새로운 만남을 시작했다. 이번에는 뭔가 달랐다. 그와 함께 있으면 어쩐지 혼자 있는 것보다 좋았다. 내 이야기를 또박또박 들어주는 그에게 나는 안심하고 마음을 열었다. 2년 정도 진지한 관계를 이어오며, 나는 그에게 나만의 작은 공간을 소개하고 내 과거와 미래와 진심을 슬며시 나눴다.

나보다 한 살 연하의 남자친구는 내가 스물여덟 살이 되던 해 3월에 내게 프러포즈를 했다. 현실이 될 거라고는 미처 생각하지 못했던, 어쩌면 다소 이른지도 모를 프러포즈였다. 그를 사랑하기는 했지만 막상 결혼에 대해 생각하니, 어릴 때부터 살아온 가족이 아닌 다른 사람과 한 집에서 사는 삶이란 어떤 것일지 몹시 두렵기도 했다. '결혼은 현실'이라는 말은 수없이 들어왔지만 그게 어떤 현실인지는 짐작도 가지 않았다.

하지만 이 사랑은 적어도 나의 에너지를 좀먹지 않았다. 나는 기꺼이 그에게 나 혼자의 온전한 시간을 나눠줄 준비가 되어 있었다. 신기하게도 다른 사람과는 절대 못해도 그와는 함께 살 수 있을 거라는 생각이 들었고, 그 정도 확신이 있었기 때문에 어쨌든 결혼의 문턱에 설 수 있었다. 친구들은 제일 늦게 결혼할 줄 알았던 내가 벌써 결혼을 한다는 사실에 놀랐다. 나도 놀랐지만, 그때 나는 내 삶을 다른 이와 공유하는 길을 기꺼이 받아들였고, 노력하기로 결정했다.

서로의 손을 잡고 앞으로의 평생을 함께하겠다는 엄청난 약속을 했다. 그리고 그냥 행복하게 살아가면 간단하겠지만, 결혼을 해보니 앞으로 우리가 결정해야 하는 크고 작은 일들이 어느새 수없이 늘어서 있었다. 그중 하나가 나에게는 반려동물을 키우는 일이었다. 나는 오래 전부터 언젠가는 고양이를 키우고 싶다고 생각했다. 중학생 때부터 강아지를 키워왔기에 동물과 함께하는 삶에는 익숙했다. 고양이를 키워본 적은 없지만 강아지와는 또 다르게 참 매력적인 동물인 듯했다. 배변 훈련과 산책이 필요 없으니 활동적이지 않은 나와도 궁합이 좋을 것 같았다.

독립했을 때 당장 키울 수도 있었지만, 당시 내가 자취를 시작한 원룸 오피스텔은 반려동물 금지였다. 과감하게 규칙을 어길 용기는 없었다. 그저 커튼이 나풀거리는 집, 나는 책을 읽고 고양이는 말없이 낮잠을 자는 근사한 풍경을 종종 상상해볼 뿐이었다. 사실 내가 자취를 시작할 즈음은 마침 침묵과, 평화와, 심심할 정도로 잔잔한 일상이 간절히 필요한 시기이기도 했다. 이직한 업무 분야가 나와 맞지 않는 데다가 직장에서 사람들을 대하는 것에도 스트레스가 쌓여 돈을 주고

라도 고요를 사고 싶은 그런 나날이었다. 백수가 되기 전까지는 영영 오지 않을 긴 방학이나 꿈꾸며 주말을 보냈고, 그 상상 속 배경에는 어쩐지 고양이가 있었다. 상상 속의 고양이는 내가 원하는 고요와, 고독과, 평화와 잘 어울렸다.

연애하는 동안에도 나는 남자친구에게 나중에 고양이를 키우고 싶다고 종종 말했다. 강아지는 괜찮아도 고양이는 싫어한다던 그는 다소 거리끼는 듯하면서도 단호하게 반대하지는 않았다. 나도 그를 적극적으로 설득할 생각은 하지 않고 있었다. 당장 남자친구에게 반려동물이 있는 삶에 대해 이해시키기 어렵고, 그가 반려동물에 크게 부정적인 입장도 아니며, 막상 겪어보면 분명 좋아하게 될 거라는 근거 없는 믿음이 있었기 때문이다.

우리도 여느 커플들처럼 사회적인 문제에 대해 자신의 의견을 말하며 가끔은 논쟁하기도 했으나, 반려동물에 대해서는 늘 내가 그에게 소개하는 입장이었다. 그가 지닌 반려동물에 대한 가치관이 어떤지, 그게 나와 타협할 수 있는 여지가 있는지 아니면 서로 도저히 견디지 못할 만한 것인지에 대해 미리 탐색해볼 생각은 하지 못했고, 그에 대해 알 만한 기회도 없었다. 대부분의 영역에서 우리는 잘 맞춰가고 있으니, 이 문제도 잘 해나갈 수 있을 거라고 막연히 생각했다.

하지만 지금 생각해보면 반려동물 문제는 결혼 전에 미

리 결정해야 하는 수많은 문제들 —경제권은 어떻게 할 것인가, 명절에는 시댁과 친정을 어떻게 오갈 것인가, 집안일은 어떻게 분담할 것인가— 과 마찬가지로 아주 명료하게 서로의 생각을 정리했어야 하는 부분이었다. 반려동물이 있는 삶과 없는 삶은, TV나 커피포트가 있는 삶과 없는 삶의 차이와는 전혀 다르기 때문에. 우리의 삶의 모양과 색깔 자체에 크게 영향을 미치는 것이기 때문이다.

나는 그와의 관계가 꽤 친밀해졌을 때 그를 우리 부모님 집으로 데려와 부모님보다도 먼저 내 강아지를 소개해주었다. 함께 집 앞 공원을 산책하는 그 만남이 너무나 신이 나서, 그가 내 작고 늙은 강아지를 다소 서먹해한다는 것을 그때는 잘 느끼지 못했다. 이제 와서야 그때를 되돌아보며 하는 생각이지만, 나는 그때 그와 반려동물에 대해 조금 더 깊은 대화를 나눴어야만 했다.

△△
묘연적인
우리의 만남

많은 고양이들이 그렇듯, 나에게 고양이가 오는 일도 전혀 예기치 못한 순간에 갑작스럽게 일어났다. 어느 날 친한 동생이 술 먹고 집에 가는 길에 일명 '냥줍'을 했다는 것이었다. 어른 고양이들에게 쫓겨 나무에 매달린 채 괴롭힘 당하고 있는 아기 고양이를 구해줬더니 그 뒤를 졸졸 쫓아오더란다. 동물은 어쩜 그렇게 동물 좋아하는 사람을 기가 막히게 알아보는지, 장화 신은 고양이의 그렁그렁한 눈빛을 몇 번 날려주면 홀딱 넘어갈 만한 영혼이라는 걸 그 녀석도 알아챘던 모양이다. 하지만 막상 데려왔어도 엄마가 너무 싫어하셔서 당장 갈 곳이 필요하다는, 사정 설명을 빙자한 강력한 요청에 나는 '걱정하지 마, 언니가 일단 맡아줄게'라며 호언장담을 날리고 말았다.

　그때가 마침 반려동물 금지이던 원룸 계약이 끝났을 때

였다. 결혼까지는 두어 달이 남아 있었지만 미리 예비 신혼집을 구해 내가 먼저 들어가 살고 있기로 한 참이었다. 결혼할 때까지는 남편 없이 혼자 지내고 있으니, 잠시 고양이를 돌보는 것쯤은 가능할 것 같았다. 다음 날 동생이 집에 고양이를 혼자 둘 수 없다며 고양이를 데리고 출근했고, 내가 아침 일찍 동생네 회사로 가서 고양이를 데리고 왔다. 담요에 싸인 채로 지하철을 타고 얌전히 이동한 걸 보니 어지간히 순한 녀석인가 보다 싶었다. 병원에 들렀더니 귀 진드기도 없고, 건강 상태도 괜찮아 보인다고 했다. 이름이 없어 등록하지 않았더니 며칠 후에 '(미정)이의 접종 날이니 내원하라'는 문자가 날아왔다. 아직 우리는 아무 사이도 아닌데, 괜히 누군가의 보호자가 된 것 같아 마음이 간질간질했다.

작은 고양이를 내 품에 받아들고 나서 사료, 모래, 화장실을 바리바리 한 번에 사 짊어지고 왔다. 1킬로그램이나 겨우 될동말동한 요 작은 고양이에게 필요한 물건들은 너무 무거웠다. 집에 들어와 헉헉거리며 물건들을 내려놓고 고양이도 풀어주었다. 분명 고양이는 환경 변화에 매우 예민한 동물이라고 알고 있는데, 이 아기 고양이는 잠깐 세탁기 아래에 들어가 숨더니 5분도 안 돼서 나와 집을 한 바퀴 휘 돌았다. 그러고는 바로 밥을 먹고 태연히 내가 보는 앞에서 화장실까지 갔다. 그때는 그게 녀석이 곧 깨발랄한 사고뭉치가 될 것이라

는 예고인 줄도 모르고, 막연히 적응력이 훌륭한 게 기특하다고만 생각했다…….

　일단은 잠깐만 데리고 있겠다고 생각해 이름을 짓지 않았다. 아직 너무 작아서 점프다운 점프도 못하는 이 아기 고양이는 집안 탐색을 마치자 내 다리에 기대 몸을 동그랗게 말고 잠들었다. 경계심이라고는 없었다. 찬찬히 살펴보니, 삼색이긴 한데 맨투맨 티셔츠를 입은 것처럼 한쪽 팔만 완전히 갈색인 게 특이했다. 심지어 코도 자세히 들여다보면 삼색이 섞여 있었다. 비율이 이상해 보일 정도로 귀가 크고 꼬리는 못

생긴 막대기처럼 삐죽삐죽했다. 내가 자세를 바꾸며 뒤척여도 잘도 잠을 잤다. 그게 우리의 첫 만남이었다.

그 당시 4월령의 삼색 아기 고양이를 처음 만났을 때를 떠올리면, '이 생명체가 정말 고양이일까' 하는 생각을 했던 것 같다. 처음 만난 아기 고양이는 내 상상 속 고양이와는 사뭇 달랐다. 늘어지게 뻗어 자는 낮잠, 책꽂이 위에 올라가 내려다보는 나른한 눈빛 같은 건 없었다. 심지어 아직 고양이라기보다는 미성숙한 어떤 미지의 생명체 같았다.

우리 집에 온 뒤 아무 문제없이 아작아작 밥도 잘 먹고 기특하게 물도 잘 마셨지만 '이건' 뭔가 고양이라기에는 모자라 보였다. 무엇보다도, 고요한 생활 속 다정한 구성원이 되어주리라 생각했던 고양이는 오히려 내 집의 주파수를 높이고 비명을 생성하고 있었다. '물지 마!', '할퀴지 마!', '잠 좀 자자……'로 정리할 수 있는 시간이었다. 모든 아기들이 그렇듯 이 아기 고양이도 자는 시간이 제일 예뻤는데, 어쩐지 통잠을 안 잤다. 고양이라면 늘어지게 잠도 오래 자고 게으름도 피우고 그래야 하는 거 아니니?

애석하게도 아니었다. 이 녀석은 내가 깨어 있을 때는 자기도 깨어 있었고, 언제나 어떤 반응을 요구했다. 노트북으로 일하고 있으면 끊임없이 노트북 키보드 위로 올라왔고, 요구하는 것이 밥인지, 간식인지는 정확히 모르겠지만 먹을 것을 달라고 할 때는 발목을 깨물었다. 내가 책상 위에서 주전부리라도 먹으면 끊임없이 달려들어 물고 도망치려고 했다. 마음의 평화를 주기는커녕, 일하면서 커피 한 잔에 디저트를 먹는 나의 아주 작은 행복도 포기해야 했다. 잠을 자려고 누우면 우다다를, 그것도 듣던 대로 평범하게 하지 않고 이불 밖으로 나온 나의 신체 부위를 반드시 깨물면서 했다. 아아……. 아무리 동물을 좋아하는 나라도, 육묘 스트레스가 쌓여갔다. 집에서 뭘 할 수가 없어서 일할 거리를 들고 카페로 도망가기도 했다. 홀로 집에 있을 때 내 마음의 평화를 줄 것으로 생각했던 고양이가 나를 집에서 쫓아내는 모양새였다.

하지만 아기 동물들은 생존을 위해서 귀여울 수밖에 없다고 했던가? 그래도 아무튼 간에 귀여웠다. 말도 안 되는 포즈로 몸을 뒤집고 자는 모습은 못 견디게 예뻤다. 만지면 부서질 것 같은 이 말랑말랑한 동물에 대한 출처 모를 모성애가 샘솟아, 나는 어찌됐든 육묘 스트레스를 기꺼이 견뎌내고 있었다.

△△

내 고양이, 아니
우리의 고양이

예비 신혼집에 종종 들르던 예비 신랑은 내가 집에 들인 아기 고양이를 보고 눈이 동그래졌다. 나를 만나기도 훨씬 전부터 그가 고양이를 무서워하게 된 것에는 아마 자라온 환경의 영향도 컸던 것 같다. 그의 가족들이 모두 동물을 무서워했고 특히 어머니가 고양이를 싫어하신다는 걸 나중에야 들었다. 우리 집과는 정반대인 셈이었다. 우리 집은 내가 어릴 때 학교 앞에서 팔던 병아리를 데려온 것으로 자연스럽게 반려동물을 키우기 시작했고(그때는 초등학교 앞에서 흔하게 병아리를 팔았다. 대부분 일찍 죽었지만 우리 집에 온 그 병아리는 닭이 되었다), 나중에는 강아지를 키우자는 말에도 아무도 반대하지 않았다. 중학생 때는 수학여행을 다녀왔더니, 집에 엄마가 데려온 강아지가 와 있었다.

　내게 동물과 함께 살아가는 게 당연했던 것처럼 그에게

고양이가 낯선 존재인 것도 당연한 일이었다. 굳이 사람에게 먼저 다가와 공격할 이유가 없는 길고양이를 무서워했다는 것도 납득이 갔다. 즉, 그는 여태까지 고양이에 대해서는 '공격할 것 같다' 외에 아무런 정보도 관심도 없이 살아온 사람이었다. 반려동물과 오랜 시간 동안 교감하며 살아온 나로서는 사실 그의 거부감이 다소 익숙지 않았다. 물론 고양이를 무서워하는 사람도 많지만, 그와의 심리적 거리가 가깝고 친밀한 만큼 고양이를 대하는 그와 내 마음의 차이를 심각하게 인식하기가 어려웠던 것 같다. 그가 고양이를 좋아하는 나를 신기해하는 만큼, 나 역시 고양이를 무서워하는 그가 신기하고 의아했다.

그래도 연애하는 동안 종종 고양이가 있는 공간에 가거나 길고양이를 물끄러미 바라보며 그도 조금씩 고양이에 대한 생각을 바꿔가고 있었다. 그는 늘어지게 잠을 자는 고양이를 보고, 고양이가 이렇게 얌전한 동물인지 몰랐다며 놀랐다. 안전이 확보되자 고양이의 귀여운 면모를 발견하는 여유도 생겼다. 하지만 물론 한순간에 20년 넘게 쌓아온 가치관을 다 바꿀 수는 없었을 것이다. 그가 동물과 함께 살아갈 수 있을까? 우리에게는 조금 더 고민의 시간이 필요했을지도 모른다. 하지만 어쨌든 우리 집에는 이렇게 덜컥 고양이가 들어오고 말았다.

그는 몸집이 고작 한 뼘이나 될까 싶은 이 작은 생명체를 마주하자 일단은 신기한 모양이었다. 그렇게 어린 고양이는 처음인 데다가, 아기 동물들은 기본적으로 귀여우니까. 그는 자주 집에 와서 고양이를 향해 어묵 꼬치 장난감을 흔들어보고, 간식을 내밀어보고, 자고 있는 얼굴을 살며시 쓰다듬어보기도 했다. 그 둘의 만남이 제법 나쁘지 않은 듯해 나는 마음이 뿌듯했다. 물론 그는 퇴근 후 두어 시간 들렀다 갈 뿐이었기 때문에, 아직 이 고양이가 미친 듯이 뛰어다니거나 내 다리를 발톱으로 찍고 타고 오르는 모습은 보지 못한 상태였다. 나도 굳이 알려주고 싶지는 않았고 말이다.

그가 아기 고양이에게 적응하고 심지어 금방 친해지는 모습을 얼마간 지켜본 뒤, 나는 조금 뜸을 들이다가 넌지시 물었다.

"우리, 이 고양이 키울까?"

입양처를 구할 때까지 잠시 데리고 있는 것뿐이라고 스스로에게 못을 박아두려고 노력했지만, 실은 고양이를 집에 데려왔을 때 이미 마음속으로는 정해져 있던 일이었는지도 몰랐다. 난 벌써 이 고양이를 사랑……, 일단은, 좋아하게 되어버렸다. 입양 보내겠다고 사진은 잔뜩 찍어놨지만 인터넷에는 전혀 올리지 않았다. 아마 그도 벌써 눈치채고 있었을 것이다.

데이트를 할 때도, 나름의 미래 계획을 나눌 때에도 내 의견을 존중해주는 그였지만 고양이를 키우는 일은 아직 마음의 준비가 안 되었을 터라 묻기조차 조심스러웠다. 반려동물을 키우는 삶에 대해 더 많은 이야기를 나누고, 무엇이 필요한지 알려주고, 그가 이해할 수 있을 때까지 기다려야 한다고 생각했는데, 어쩌면 지금은 너무 이를지도 몰랐다. 그가 정말로 원하지 않는다면 이 고양이를 위해서라도 입양을 포기하는 게 나을 것이었다. 하지만 그는 가볍게 고개를 끄덕였다.

"어차피 키우려고 한 거 아니었어?"

며칠 지켜본 고양이가 나름 귀여웠는지, 그는 망설임도 없이 흔쾌히 대답했다. 뜻밖의 반응에 오히려 내 기분이 복잡해졌다. 잠깐, 뭔가 질문은 없어? 너무 쉽게 결정하는 거 아니야? 반려동물 입양이라는 중대사를 앞에 두고, 수많은 파양 사례를 봐온 애묘인으로서 본능적인 빨간불이 켜진 것이다.

우리는 이제 두어 달 후면 결혼을 할 예정이었다. 고양이를 키우기로 결정한다면 반드시 두 사람 모두의 동의와 공동 책임이 필요했다. 적어도 하나의 생명을 책임진다는 일에 그가 진지하게 임해주기를 바랐다. 내가 더 좋아하는 일에 그가 동참해주기를 바라는 것은 욕심일지도 모르지만, 동물을 키우는 일은 상대가 좋아하는 취미 생활을 배려하는 일과는 다르다. 생활공간을 공유해야 하고 삶의 방식을 조절해야 한다. 나만 원하고 그는 양보하는 입장이라면, 우리는 앞으로 수도 없이 갈등하고 싸울 일이 생길 것이었다.

고양이가 털을 너무 많이 뽑는다, 집안 가구에 흠집을 낸다, 잘 때마다 뛰어다니며 손발을 깨물어댄다……. 그 수많은 불편함에 대해서, 고양이와 24시간 내내 함께 살아보지 않은 그는 아직 몰랐다. 14년 동안 반려동물을 키워왔고 심지어 반려동물과 관련된 업종에 종사하고 있는 나로서는, 무슨 이유 때문이든 그가 이후에 고양이를 못 키우겠다고 선언하는 일이 생기면 곤란했다. 나에게는 물론 일단 책임지기로 한 동물을 포기하는 일이 결코 없을 테지만, 그에게 나처럼 단호한 마음을 당장 기대할 수는 없었다. 애초에 키우지 않는다면 몰라도, 입양하기로 하고 나서 혹여 그가 무심코 '더 이상 못 키우겠다'는 말을 꺼낸다면 나는 그를 이해할 수는 있다 한들, 매우 실망할 것이 분명했다.

"고양이를 키우면 매일 밥도 주고 화장실도 치워줘야 해. 집안 가구 다 물어뜯고, 고양이 털 엄청 빠지는 건 알아? 그리고 어디 아프기라도 하면 병원비도 엄청 비싸다고……. 일단 더 고민해보고 결정해줘."

나는 오히려 한 발 물러나 그에게 부탁했다. 변덕스러운 소리였을지도 모르겠지만, 당장 고양이를 키우는 데에 동의를 얻는 것보다는 장기적으로 생각했을 때 일말의 신중함이라도 더 얹어내는 것이 중요했다.

사실 그에게 시시콜콜 어려움을 토로하지는 않았지만, 당시에는 나마저도 이 말썽쟁이 고양이를 감당하기가 쉽지 않았다. 집안을 발톱으로 날아다니는 이 녀석을 그가 진심으로 받아들여줄 수 있을까? 남편과 고양이의 사이를 중재하고 서로를 이해시키는 것은 내 몫이 될 것이었다. 나는 인간관계에서라면 결코 하지 않았을 귀찮은 중개자 역을 기꺼이 맡기로 마음먹었지만, 한편으로는 아직 한 번도 해보지 않은 그역할이 너무 어렵고 험난할까 봐 두려웠다. 내 노력과 상관없이 그가 고양이에게 완전히 마음을 열지 못할 수도 있었다.

2년여의 연애를 했지만 우리는 함께 무언가를 키워본 경험이 없었다. 우리 두 사람의 삶에 새로운 존재가 들어온다는 것은, 여태까지 본 적 없었던 서로의 새로운 모습을 알아가야 한다는 뜻이기도 했다. 어쩌면 그건 내가 그에 대해 지금까지 알고 있는 것과는 전혀 다른 모습일지도 몰랐다. 아내가 되었지만 엄마로서의 내가 어떨지 알 수 없듯이, 그가 완벽한 남편이라 한들 좋은 아빠가 될 수 있을지 짐작할 수 없듯이.

나와 남편, 고양이 사이의 관계가 어떻게 흘러갈지 무엇도 확신할 수는 없었지만 그는 결국 대수롭지 않게 고양이의 입양에 최종적으로 동의했다. 어쨌든 결과적으로 우리는 이 고양이를 키우기로 했다. 난 아직도 조금쯤 그의 마음이 미심쩍었기 때문에, 일단 결정했으면 그만두는 건 없다고 으름장을 놓았다. 우리 두 사람의 공통 이니셜을 따서 이름은 '제이'라고 지었다. 그냥 잠시 보호한다고 생각했던 아기 고양이는 얼렁뚱땅 내 고양이, 아니, 우리 가족이 되었다.

△△
누구에게나
첫 번째 고양이는 있다

나는 고양이를 키울 수 있는 사람일까? 단순히 좋아한다고 해서 동물을 키울 수 있는 것은 아니다. 이미 고양이를 키우고 있는 많은 사람들은 누군가 고양이를 키우고 싶다고 말하면 일단 뜯어말린다. 그 이유가 "다들 고양이 있는데 나만 고양이 없어"라면 더욱 위험하다. 고양이를 키우고 싶어 하는 사람 앞에서 장점보다 단점부터 주르륵 늘어놓게 되는 것은, 한 생명을 책임지는 것의 무게와 고충을 너무나 잘 알기 때문일 것이다. 하지만 그럼에도 많은 이들이 기꺼이 고양이의 집사로 살아가는 이유는 뭘까? 그야 그 무게를 짊어질 만한 기쁨이 또 있기 때문이다.

　결혼을 했거나 결혼을 할 예정이라면 반려동물에 대한 배우자의 의견도 중요할 것이다. 배우자 사이에 반려동물에 대한 애정도가 달라 벌어지는 갈등과 논쟁은 의외로 매우 흔하다. 간단히 생각하면 고양이 한 마리의 문제지만 크게 보면 인생관의 문제다. 고양이를 키우기로 결심했다면 향후 10년에서 길게는 20년의 계획을 미리 검토해봐야 한다. 아기 계획은 있는지, 만약 계획이 있다면 아기와 고양이를 같이 키울 수 있을지, 양쪽 부모님의 반대는 없을지, 반대가 있다면 극복할 수 있을지, 혹은 유학이나 이민의 계획은 없는지. 또한 사료, 모래 등 정기적으로 사야 하는 용품들을 비롯해 예방접종이나 중성화, 아플 때 치러야 할 병원비 등의 비용을 지출할 능력이 있는지에 대해서까지.

하지만 개인적으로는 고양이를 키우고 싶어 하는 집사 지망생들에게 지레 엄포를 놓고 싶지는 않다. 나는 그저 귀여운 고양이가 좋아서 한 마리 키워볼까, 가벼운 마음으로 시작하는 이들에게도 반려동물이 주는 행복을 누릴 권리는 주어져야 한다고 믿는다. 처음에는 당연히 누구나 낯설다. 실수도 할 수 있다. 산책을 싫어하는 고양이를 산책시키려 하거나, 품에서 벗어나려는 고양이를 예뻐해 준다고 끝까지 안아주다가 발톱에 긁히는 일은 초보 집사라면 누구나 경험해보았음직하다. 막상 키워보니 생각했던 것과 달라 낯설고 당황스러운 것은 당연한 일이다. 누구에게나 첫 번째 고양이가 있으니까.

그러나 동물을 키우기로 결심하는 데에는 책임이 따른다. 나의 신중한 결정으로 내 품에 들어온 생명이라면, 문제가 생겼을 때 적어도 제일 간편한 선택지인 '포기'만큼은 피해야 한다. 당연하지만 동물을 버리는 것은 고장 난 컴퓨터나 빛바랜 옷가지를 버리는 것과는 다르다. 컴퓨터나 옷은 버려진 후에도 힘겨운 삶을 이어나갈 필요가 없으니까.

그렇다면 막상 동물을 키우고 나서 너무 큰 혼란을 겪지 않기 위해서는 애초에 입양하기 전부터 충분히 공부해두어야 할 것이다. 나는 입양 전에 그 동물에 대해 공부하는 것이 법적으로 의무화되어도 좋다고 생각한다. 이 동물이 어떤 본능을 가지고 있는지, 어떤 것을 마련해주어야 하는지, 뭘 좋아하고 뭘 싫어하며, 왜 이런 행동을 하는지 공부하지 않으면 우리는 서로를 끝내 이해할 수 없을 것이다. 더불어 내가 이 동물의 본능과 성향을 견딜 수 있을지, 혹시나 도저히 감당할 수 없는 부분이 있지는 않은지 미리 반드시 확인해보아야 한다. 별생각 없이 동물을 입양했다가 채 일주일도 되지 않아 못 키우겠다며 돌려보내는 일은 실제로도 아주 빈번하게 일어나고 있다.

한 번은 지인이 유기묘를 구조해 병원에서 건강검진을 받고 중성화까지 시켜 입양을 보냈는데, 하루 만에 파양되어 돌아온 적이 있었다. 얌전한 고양이인 줄 알고 입양하기로 한 건데 집에 오니 고양이가 너무 울어서 잠을 잘 수가 없다는 이유였다. 물론 고양이 울음소리가 끊이지 않으면 당연히 스

트레스가 된다. 게다가 오늘 막 입양한 낯선 고양이가 하루 종일 울어대니 시끄럽고 답답했을 것이다. 하지만 그 고양이는 왜 울었을까?

영역 동물인 고양이로서는 낯선 곳에 도착했으니 당연히 불안했을 것이다. 입양 첫날에는 혼자서 조용히 숨어 쉴 수 있는 공간이 필요하다. 밝은 거실에 붙어 앉아 왜 우냐고 이유를 묻는 목소리는 불안감을 부채질할 뿐이다. 막 입양한 고양이에게 어떠한 배려가 필요한지도 공부하지 않은 사람이 고양이와 함께 수많은 생활 습관을 맞추며 살아갈 수 있을까? 더욱이 이렇게 짧은 기간 동안 여러 번 환경이 바뀌고 파양되는 고양이들은 스트레스로 더욱 예민해진다. 사람에게 크고 작은 상처를 받으면 경계심이 커져 손길을 피하게 되고, 이렇게 손을 타지 않는 고양이들은 또 다른 입양처를 찾기가 어려워진다. 가볍게 결정하는 입양과 파양이 악순환을 만드는 것이다.

생애 처음으로 동물을 입양하기로 결심했다면 그 동물의 특성에 대해 얼마나 이해하고 있는지, 또 얼마나 인내심을 가지고 기다려줄 수 있는지, 스스로의 결심에 대해 반드시 돌아볼 필요가 있다. 고양이는 사람과 다르고 개와도 다르다. 그런 것을 배워가는 것이 평화로운 동거의 첫걸음이지 않을까.

인터넷에서 꼬물꼬물 움직이는 귀여운 동영상을 보며 고양이를 키우고 싶다는 사람들에게 나는 애묘인으로서 일단 말리고 싶다. 고양이를 키울 때의 어려움과 단점에 대해 한나절쯤 구구절절 늘어놓을 수도 있을 것 같다. 하지만 또 한편으로는 그들이 첫 번째 고양이와 어떤 이야기를 만들어갈지가 궁금해진다. 반려동물이 있는 삶은 틀림없이 우리의 삶을 조금쯤 바꿔놓으니까. 게다가 고양이를 키워서 좋은 점은 어차피 키우다 보면 알게 된다.

△△
고양이를 키우는 건
연애와 비슷하다

고양이를 키우는 건 연애를 하는 것과 마찬가지다. 막상 사귀다 보니 내가 생각했던 모습이 아니어서, 혹은 처음과 달라졌다고 생각해서 많은 연애는 실패로 끝난다. 연애 전문가들은 그에게 마음에 안 드는 부분이 있더라도 그걸 내가 바꾸려 하지 말라고, 혹은 바꿀 수 있으리라고 믿지 말라고 조언한다.

내가 몇 번의 연애를 거치며 내린 결론도 같았다. 나와 맞지 않는 면이 있더라도 그를 수긍하고 받아들이거나 포기하는 편이 좋다. 그것도 아니면 아예 그와의 관계를 그만두거나. 사람은 쉽게 변하지 않는다. 그리고 그건 고양이도 마찬가지다. 고양이는 심지어 내 말을 귀 기울여 들어주고 고치려는 노력을 해주는 척조차 하지 않는다.

많은 사람들이 고양이를 고양이로서 인정하지 않기 때문에 갈등이 생긴다. 주인을 몰라본다, 불러도 오지 않는다, 털이 너무 많이 빠진다, 싱크대에 올라간다, 시끄럽게 운다는 등의 이유로 결국 고양이를 성가셔하게 된다. 고양이가 주는 생활 속 수많은 스트레스를 이겨내려면 고양이를 있는 그대로 받아들이는 수밖에 없다. 즉, 사람이 아니라 고양이라는 다른 종족의 생명체라는 것을 인정해야 한다. 더불어 나보다 아래에 있는 하급 존재('왜 주인 말을 안 들어!'와 같은)가 아니라, 그냥 하나의 개별적인 존재라는 것을 받아들일 때 평화는 비로소 찾아온다.

상대방이 내가 원하는 대로 행동해주기만을 원하는 관계는 오래갈 수 없다. 사람은 자신이 받기를 원하는 사랑을 상대방에게 주기 마련이라고 한다. 그 탓에 자기 딴에는 최선을 다해 마음을 주는데도 오해가 생기고 때로는 상대를 불편하게 만드는 결과를 낳는다. 여자친구가 기뻐할 모습을 떠올리며 한밤중에 집 앞으로 찾아오는 남자친구를 사양하고 싶은 것과 마찬가지다. 내 방식대로의 사랑을 쏟아내기 전에, 그가 원하는 것이 무엇인지 들여다보는 일이 먼저 아닐까?

남자친구와 비교적 이른 나이에 결혼을 결정하면서 우린 새로운 가정을 꾸리는 방법을 나름대로 열심히 고민했다. 사실 그때 우리에겐 돈과 정보가 모두 부족했다. 집이 얼마나 비싼지 알고 나서는 입이 떡 벌어지기도 했다. 하지만 5평짜리 풀옵션 원룸에서 자취하던 내게 벽지만 발라진 10평 월

셋집은 신혼 기분을 내기에 충분했다. 백 단위가 넘는 침대나 냉장고를 골라 사는 인생 최대의 쇼핑이 당황스럽기도 했지만, 우리는 둘이서 많은 이야기를 나누며 가능한 합리적인 쇼핑으로 집안 가구를 채워나갔다.

저렴한 금액 대비 마음에 쏙 드는 패브릭 소파를 중심으로 하나둘 거실 인테리어의 구색도 갖춰져 갔다. 제이가 우리 집에서 살게 된 것은 신혼집 가구를 하나둘 사들이고 있던, 바로 이 시점이었다. 고양이가 예쁘긴 해도 나도 사람인지라 새 가구에 대한 무한한 애정과 보살핌의 욕구가 생겨났다. 평소 집안에 먼지가 쌓이든, 침대가 옷걸이가 되든 무신경한 편이었는데(나는 청소를 하느니 더러운 방에서 자겠다는 사람이었다) 새 가구를 사고 나니 여기에 고양이 스크래치가 날 것이 내심 염려됐다.

틀림없이 고양이 발톱의 만만한 타깃이 될 패브릭 소파를 어떻게 지킬까 고민하다가, 재빨리 소파 덮개를 주문했다. 회색 패브릭 소파에 맞춘 회색 스트라이프 무늬였다. 이거면 적어도 소파의 일부는 안전하겠지. 애타게 기다린 덮개가 드디어 도착했고, 소파 위에 안전하게 덮어둔 뒤 그제야 맘 놓고 잠시 외출을 하고 돌아왔다. 그런데 이게 웬일……. 처음 우리 집에 온 순간부터 야무지게 모래를 찾아가 화장실에 볼일을 보던 똑똑한 이 아기 고양이가, 그새 덮개 위에 오줌을

싸놓은 것이었다.

　소파는 세탁이 불가능한 제품이었기 때문에 그나마 덮개를 덮어놓아서 천만다행이었다. 그날 바로 빨고 말려서 다음 날 다시 소파 위에 올려놓자, 5분도 안 되어 제이가 그 위에서 뒷다리로 수상한 몸짓을 취했다. 뭐 하니, 너? 다가갔더니 이번에도 그 위에 오줌을! 나는 이걸 세 번째까지 반복하고 나서야 깨달았다. 이 고양이는 소파 덮개가 마음에 들지 않는다는 걸. 그걸 치우자 그 후로 제이가 소파에 오줌을 싸는 일은 없었다. 말로 해, 이 녀석아⋯⋯.

안타깝지만 스크래처를 곳곳에 놓아줘도 소파를 고양이의 발톱에서 지켜낼 수는 없었다. 소파를 긁으면 입으로 '쓰읍!' 소리도 내보고, 고양이가 싫어한다는 레몬즙을 물에 섞어 스프레이로 뿌려보기도 했다. 이 고양이는 소파를 몇 번 긁으며 내 눈치를 보다가, 내가 자리에서 일어나 뭔가 조치를 취하려고 다가오면 재빨리 도망갔다. 심지어 내가 소파를 아낀다는 걸 눈치챘는지, 바쁜 일이 있어 요구사항을 못 들은 척하면 소파를 긁었다. 나는 결국 포기했다.

예비 신랑이었던 당시 남자친구는 그때 아직 입주하기도 전이라, 자기가 써보지도 못한 가구를 고양이가 먼저 망가뜨리고 있다는 사실에 처음 몇 번은 매우 속상해했다. 그러다가 어느 순간부터는 그냥 이 소파를 대형 스크래처라고 생각하겠다고 선언했다. 가구보다 고양이의 행복이 더 중요해서가 아니라, 도통 대화할 생각이 없어 보이는 이 고양이에게 우리 둘 다 그냥 두 손 다 들어버린 것이었다. 소파는 어차피 이미 돌이킬 수 없는 보풀투성이가 되었다. 고양이라서 발톱을 갈아야겠다는데 어쩌랴. 관계의 평화는 있는 그대로를 받아들일 때 찾아온다.

△△
새내기 집사의
고양이 적응기

마침내 결혼을 하고 나자 본격적으로 사람 두 명과 고양이 한 마리가 함께 살아가는 생활이 시작되었다. 남편으로서는 부모님으로부터 독립해 스스로 가정을 꾸려나가야 하는 결혼과 동시에, 생전 겪어본 적 없는 생명체와 살아간다는 두 가지 미션을 한꺼번에 치르는 셈이었다. 그리고 고양이의 습성을 우리 삶에 적용하는 과정이 그리 간단하지는 않았다.

제이는 길에서 못 먹고 자란 탓인지, 웬만한 고양이들답지 않게 사람이 먹는 음식에 너무나 관심이 많았다. 식탁 위에 밥을 차려놓으면 내 무릎 위로 폴짝, 내려가라고 하면 이번에는 곧바로 식탁 위로 폴짝 뛰어올랐다. 거의 한 숟가락 먹고 고양이를 내려놓고, 한 숟가락 먹고 또 다시 내려놓는 게 매번 식사마다 반복되는 일이었다. 식탁 위에 날리는 고양이 털은 둘째치더라도, 일단 귀찮기 짝이 없었다. 내 얕은 지식을 비웃듯이, 제이는 내가 알고 있던 고양이에 대한 정보에 사사건건 대혁명을 일으켰다.

심지어 아직 제 발톱도 잘 다룰 줄 모르는지, 괜히 쓸데없이 발톱을 세워 식사 시간마다 반쯤은 전쟁을 치러야 했다. 소파 위에 발라당 누워 자는 제이를 꽤 귀여워하게 되었던 남편도 드디어 불만을 쏟아냈다. 제이가 식탁 위로 올라오지 않도록 교육을 시켜야겠다는 것이다. 고양이를 어떻게 교육시키겠다는 거야? 내심 시간이 답이라고 생각하고 있었던 내가 슬그머니 반기를 들었다.

"지금 어려서 그렇지, 좀 크면 괜찮아질 거야."

"안 괜찮아지면 어떡해. 아닌 건 아니라고 제대로 가르쳐야지."

"고양이니까 높은 데 올라오고 그러는 거지."

아이 문제가 부모 싸움이 된다는 게 무슨 말인지 알 것 같았다. 가치관과 교육관이 다른 부모가 아이를 각자의 방식

으로 가르치고 싶을 때는 어떻게 조율하는 걸까? 아이를 낳
기는커녕 임신한 친구도 아직 없는 스물여덟 살 새신부가 그
걸 알 리 없었다. 고양이가 아직 어려서 그런 건데, 그냥 식탁
위가 궁금해서 그런 건데, 아직 어린 고양이한테 벌써부터 교
육이 필요하다고 주장하는 남편이 섭섭했다. 아기 같은 동물
에게 화를 내는 게 그냥 싫었다. 고양이는 강아지처럼 훈련을
잘 따라오는 동물이 아니다 보니 나는 참고 기다리는 게 제일

좋은 방법이라고 생각했지만, 그는 호시탐탐 제이를 훈련시키고 싶어 했다.

결국 우리는 제이가 식사 시간에 발톱을 세우고 무릎 위로 뛰어오르면 그때 물 스프레이를 뿌리는 것으로 마지못해 타협을 보았다. 효과가 있는 것 같기도 하고 없는 것 같기도 했지만, 남편에게 적어도 교육 비슷한 무언가를 하고 있다는 모습을 보일 수는 있었다. 제이가 말썽을 부리면 혼내는 게 싫어서 내가 남편의 눈치를 봤다. 그러다가 또 내가 왜 이렇게 눈치를 봐야 하냐며 싸우는 날도 있었다.

다행히 고양이는 무섭고 공격적이라는 신랑의 생각이 제이를 키우면서 많이 달라지기는 했다. 그러나 그 다음 문제가 있었다. 우리는 '고양이와 함께 살아가는 것'에 대한 개념이 너무 달랐던 것이다. 나는 고양이와 함께 사는 것은 내 생활공간을 100퍼센트 공유하는 것이라고 생각했다. 14년 동안 강아지와 한 침대를 쓰고 살았던 내게는 자연스러운 일이었다. 하지만 남편은 처음에 그에 대해 반발했다. 적어도 안방에는 들어오지 못하게 했으면 좋겠다며, 고양이는 거실에서 재우자고 주장했다. 내가 아무 생각 없이 사람이 쓰는 밥그릇에 물을 담아 먹이면 대놓고 질색하지는 않아도 뜨악해하는 표정이 느껴졌다.

어쩌면 내가 동물에게 유난스러운 것일 수도 있고, 어쩌면 그가 너무 예민한 것이었을 수도 있다. 어떤 쪽이든 우리 둘 중 하나가 잘못됐다고 말할 수는 없을 것 같다. 그저 우리는 고양이를 가족의 일원으로 받아들이는 방식이 달랐고, 다를 수밖에 없는 사람들이었다.

이 단계에서 우리는 수많은 타협의 과정을 거쳐야 했다. 안 그래도 결혼 생활이란 수많은 규칙과 약속에 대한 줄다리기의 향연인데, 고양이라는 문제까지 더해진 것이다. 어정쩡하게 넘어가거나 애교로 무마해버린들, 결국 이해할 수 없는 생활이 지속되면 서로에 대한 불만이 쌓일 수밖에 없었다. 우리는 살면서 처음 겪게 된 지금의 몇 가지 사안들에 대해 많은 이야기를 나눴다. 나는 일단 고양이 전용 그릇을 사용하겠다고 약속했고, 대신 안방을 고양이 출입 금지 구역으로 정할 수는 없다고 말했다. 다행히 그도 이해해주었고, 막상 제이가 침대 위에 먼저 올라와 동그랗게 몸을 말고 누워 있는 걸 보면 살살 얼굴을 쓰다듬으며 귀여워하기도 했다. 제이가 깨지 않도록 그 커다란 몸을 접어 살살 피해 눕는 남편의 모습은 영락없는 새내기 집사여서, 나는 남몰래 흐뭇해했다.

△△
고양이한테 왜 '발'을
가르친다는 거야?

한동안 남편은 제이와 단둘이 있다가 내가 나타나면 슬금슬금 눈치를 봤다. 나는 그 이유를 알고 있었다. 그는 제이에게 '발!'을 가르치고 있었다. 흥미라곤 눈곱만큼도 보이지 않는 제이 앞에 앉아 한 손에 간식을 쥐고 제이 앞에 손을 내미는 남편의 모습을 보며 나는 헛웃음을 지었다.

강아지들은 어쨌든 훈련을 통해 나름의 재미를 느끼기도 하고, 사람과 교감을 이루기도 한다. 하지만 고양이에게 그런 게 필요할까? 필요성을 떠나서 아무래도 그 훈련은 백날 해봐야 결과가 나올 것 같지 않았다. 물론 고양이도 훈련이 가능하다고는 한다. 예를 들어, 이름을 불러도 무시하는 고양이를 반응하게 만들고 싶으면 이름을 부를 때마다 간식 소리를 들려주고, 양치질을 시키거나 약을 먹이는 등 고양이가 싫어하는 행동을 할 때는 이름을 부르지 않는다. 그렇게 '이름을 부르는 것'과 '긍정적인 상황'을 꾸준히 연결시키면 고양이가 집사의 호출에 반응하게 된다는 것이다.

실제로 그런 식으로 훈련이 되는지 가끔 인터넷에서 '발'이나 '앉아' 같은 걸 하는 고양이를 보기도 했지만, 나는 제이에게 개인기가 필요하다고 생각하지 않았다. 고양이는 그냥 하고 싶은 걸 하도록 내버려두면 된다는 게 내 생각이었다. 하지만 남편은 좀 달랐다. 그는 대형견에 대한 로망이 있었다. 봄날 공원을 산책하는 개들을 보면 자신도 언젠가는 꼭 골든 리트리버를 키우고 싶다며 눈을 빛냈다. 우리 집에도 동물이 있으니까, 제이를 통해 그 로망을 1퍼센트라도 충족시키고 싶은 모양이었지만 제이는 그의 욕망에 조금도 관심이 없었다. 그 옆에서 나는 그만 포기하라며 고개를 내젓고 웃고는 했다.

남편은 결국 제이에게 '발' 훈련을 시키는 걸 포기했다. 발을 손 위에 올려놓게 하려면 앞발을 잡아서 가르쳐야 했는데, 제이는 앞발을 잡히는 게 싫다고 매번 휙 도망쳐버렸다. 훈련을 시도하는 것은 좋지만 개와 고양이를 혼동하지 않는 것이 중요하다. 지금이야 고양이가 많이 친숙해졌지만 예전에는 고양이를 몸집이 작은 개 정도로 여겼던 시절도 있었다. 나는 고양이에게는 고양이의 소통 방식이 있다는 걸 그에게 전하려고 애썼다. '도대체 뭐하는 거냐'고 가끔은 한숨을 섞어

가면서. 한편, '발' 훈련 시도는 끝났지만 마침 초여름이라 매일 날씨가 좋았던 게 화근이었을까. 남편은 이번에는 산책을 시키고 싶다고 했다.

"고양이는 산책 안 하는데?"

"어?"

내 말에 남편이 고개를 갸우뚱했다.

"그러고 보니까 고양이가 산책하는 걸 한 번도 본 적이 없네."

산책하는 고양이가 전혀 없는 것은 아니지만, 일반적으로 고양이들은 영역을 벗어나는 것을 좋아하지 않는다. 다른 고양이가 자기 영역을 침범하는 것도 원하지 않는다. 그 사실을 설명하자 남편은 아쉬운 듯 고개를 끄덕였다.

그즈음부터 그는 고양이에 대해 궁금한 게 많아졌다. 원래 무얼 검색하는 걸 좋아하는 그는 매일같이 인터넷에 고양

이에 대해 검색하고 새로운 사실을 알아내어 나에게 들려주
곤 했다. 어느 날에는 제이를 가리키며 '삼색 고양이', '코숏
(코리안 숏헤어)'이라고 명명했다. 고양이의 털색이 다양하다는
것을 배웠는지 길고양이를 만나도 '치즈 고양이', '턱시도 고
양이'라며 애묘인들이 붙인 별명을 불렀다. '저 길고양이는 브
리티시 숏헤어를 닮았어'라는 식으로 말하기도 했다. 인터넷
에서 귀여운 고양이 사진을 발견할 때마다 나에게 공유하고,
왜 길고양이 귀가 잘려 있는지 물어보기도 했다(중성화를 했다
는 표시다). 사물의 이름을 알아가는 어린아이처럼, 그에게 고
양이라는 새로운 세계가 열린 것 같았다. 아직 고양이 발톱을
깎는 건 무섭다고 해서 발톱을 깎거나 눈곱을 떼어주거나 약
을 먹이는 일 같은 것은 내가 했지만, 남편은 아침마다 출근
전에 고양이 화장실을 치워주었다.

　매일같이 집으로 택배가 배달되기 시작한 것도 그즈음이
었다. 택배를 받아보면 고양이 간식, 고양이 장난감, 고양이
캣폴, 고양이 스크래처 등이었다. 친한 친구에게 결혼 선물을
받았다며 가져온 것도 창문에 달 수 있는 고양이 해먹이었다.
고양이에 대한 새로운 세계가 열리며 '장비'의 세계에도 눈을
뜬 모양이었다. 한동안은 자꾸 고양이 용품을 사들이는 남편
때문에, 신혼집을 예쁘게 꾸미고 싶은 내가 도리어 고민스러
울 정도였다.

△△

만약, 이라는
가정을 해봤다

고양이가 게으르지만 않았다면 벌써 세계 정복을 했을 거라는 우스갯소리가 있다. 제이도 어느새 우리 집을 착실히 접수해가고 있었다. 이 살아 있는 털 뭉치와의 동거를 처음에는 다소 껄끄러워하던 남편도, 시간이 지나며 점점 제이에게 마음을 열었다.

　사실 제이가 오고 나서 한동안 내 몸에는 발톱 자국이 없는 날이 없었다. 보통은 가볍게 긁히는 정도였지만, 가끔은 내 목덜미를 밟고 뛰어오르는 탓에 피가 철철 날 정도로 다친 적도 있었다. 물론 제이가 고의로 나를 공격한 것도 아니고, 붙잡아 앉혀놓고 제발 사뿐사뿐 얌전히 걸어 다니라고 훈계를 해도 알아들을 턱이 없으니 나는 그때마다 혼자 한숨을 내쉴 뿐이었다. 혹 제이에게 미운털이 박힐까 봐 남편에게 차마 하소연을 하지도 못했다.

하지만 제이가 그렇게 뛰어다니다가 실수로 남편을 긁어 상처를 내기라도 하면 나는 덜컥 마음이 내려앉았다. 남편의 눈치를 보느라 내가 먼저 제이를 혼내기도 했다. 하지만 남편은 무슨 심경의 변화가 있었는지, 의외로 덤덤했다. 언제부턴가 그가 먼저 '고양이라서 그렇지 뭐'라는 말을 하기도 했다.

어느 날은 같이 집 근처를 산책하던 중, 길고양이 한 마리가 느릿느릿 걸어온 적이 있었다. 내가 쭈그려 앉아 고양이에게 손 인사를 건네니 이 사교성 좋은 녀석이 발라당 몸을 뒤집으며 애교를 부렸다. 남편은 잠시 그걸 지켜보더니, 집에 가서 고양이 밥을 가져오겠다며 나보고 잠시 고양이를 데리고 있으라는 것이었다. 그가 12층 집까지 올라가 가져온 고양이 캔을 그 녀석은 맛있게도 먹었다. 우리는 그걸 다 지켜보고서, 뒷정리를 하고 난 후에야 산책을 계속했다.

다행히 한창 철딱서니 없게 뛰어다니던 '캣초딩' 시절이 지나자 제이는 발톱을 숨기는 법도 알았고 식탁 위에도 관심을 끊었다. 남편은 제이의 변화를 신기해하며, 정말 평생을 그렇게 살아야 하는 줄 알았다고 안도했다. 그렇게 제이는 손 하나 까딱하지 않고 신혼집을 고양이 집으로 만들어가는 데 성공하고 있었다.

하지만 그는 가끔씩 제이의 어떤 행동을 막기 위해 다소 강압적으로 행동하기도 했다. 제이의 몸을 붙잡고 들어 올려 훈계하거나, 도망가려는 순간 잡아채어 힘으로 제압하거나, '너 그러면 밥 안 준다'는 협박을 하는 식이었다. 그럴 때면 나는 마음이 불편했다. 나는 동물이 사람보다 약하다고 해서 그들을 강자의 방식으로 대하기를 원치 않았다. 남편에게 나는 너무 예민한 사람이었고, 나에게 남편은 그저 사람으로 태어났다는 이유로 동물들로부터 우위를 점하여 쓸데없는 서열을 만드는 사람이었다. 남편이 제이와 갈등할 때마다 그건 결국 사람 싸움이 됐다.

우리가 각자 애묘인으로서 살다가 만났다면 어땠을까? 그와 고양이에 대한 가치관이 달라 다툼이 생길 때면 그런 생각을 해보기도 했다. 나는 결혼하기 전부터 동물을 키우는 삶을 원했고, 그렇다면 애초에 동물을 키우거나 키우고 싶어 하는 사람을 만났어야 하는 게 아닐까? 고양이의 잘못이 아니니 고양이에게 화내지 말자고, 고양이는 원래 높은 곳에 올라가고 싶어 하는 동물이라고, 나는 고양이를 가르치는 것이 아니라 그저 함께 살아가기 좋은 환경을 제공해주고 싶다고, 내가 당연하게 생각하는 것을 남편에게 설명하고 그로 인해 갈등할 때면 내가 왜 이 어려운 길을 간단히 선택했나 싶어 가끔은 힘들었다. 때로는 나 때문에 남편이 원하지 않는 길을 걷게 된 것 같아 마음이 무겁기도 했다.

물론 부부라고 해서 모든 생각이 같을 수는 없다. 그렇기에 각자의 생각과 취미를 인정하고 살아가야 하는 게 결혼이지만, 고양이를 키우는 일에 있어서만큼은 조금 달랐다. 나와는 달리 고양이를 가족으로 여기지 않는 듯한 그의 모습을 발견할 때면 괴로웠다. 그를 원망하면 안 된다고 생각하면서도 애초에 동물을 사랑하는 사람이었다면 얼마나 좋았을까 생각했다. 무엇보다 이 과정이 한 사람의 무조건적인 양보여서는 안 되는 일이라 조율해나가기가 더욱 어려웠다. 우리의 결혼 생활 전체가 누군가는 늘 미안하고, 누군가는 늘 양보하는 삶이 될까 봐 겁이 났다.

얼마 전 아는 동생이 집에 놀러 와서 자기도 고양이를 키우고 싶은데, 결혼까지 생각하고 있는 남자친구가 고양이를 싫어해서 고민이라는 이야기를 했다. 남편은 자신도 고양이를 싫어했던 사람으로서 남자친구 입장을 이해할 수 있지만, 결국엔 '아내가 좋아하는 모습을 보는 게 좋아서 키운다'고 웃었다. 동생은 멋있는 형부라며 부러워했고 나도 그 마음이 고마웠지만, 내심 생명을 가족으로 맞이하는 것이 '누구 때문'이 아니라 그에게도 좋아서 하는 일이 되었으면 했다. 언젠가 그렇게까지 마음이 움직이기를 바라는 것은 너무 과한 욕심이었을까?

둘 사이의 문제일 뿐 아니라 다른 생명에게 영향을 미치는 일이기에 우리 사이에는 많은 이야기가 필요할 수밖에 없었다. 반려동물을 키우는 삶을 살고 싶었던 나는 남편에게 내 가치관과 동물의 입장에 대해 아주 많은 이야기를 했고, 남편은 자신이 전혀 모르고 살아온 세상의 이야기에 대해 귀를 기울이고 점차 이해해주었다. 그러나 고양이에 대한 그의 생각이 근본적으로 바뀌게 된 것은 나로 인해서가 아니라 결국 고양이의 존재 자체 때문이었던 것 같다. '귀여우니까 어쩔 수 없다'고 불평하는 그에게 제이도 선뜻 다가와 꼬리를 감았다.

아마 반려동물을 키우는 일이 아니더라도 살다 보면 두 사람이 함께 결정해야 하는 중요한 일들이 또 여럿 놓여 있을 것이다. 어떤 일은 두 사람이 모두 조금씩 양보하여 결정할 수도 있고, 또 어떤 일은 둘 중 한 사람이 삶의 기준이나 방식을 아예 바꿔야 할 수도 있다. 어쩔 수 없이 충돌해야 하더라도, 결국에는 두 사람 모두 납득하고 행복해질 수 있는 삶이었으면 좋겠다. 결혼이란 그런 것이어야 하니까.

△△
너는 과거 있는
고양이

놀랍게도 우리 집 둘째 고양이를 간택한 것은 남편이었다. 제이 이후로 언젠가 둘째를 맞이할 수도 있다고 생각하긴 했지만 내가 찾아 나설 때는 아닌 것 같았다. 내가 키우게 될 고양이라면 제이처럼 언젠가 자연스럽게 우리 품으로 오게 되지 않을까. 어느 순간엔가 내게 보다 명확한 텔레파시를 보내는 고양이가 있다면 그때 받아들이면 된다고 막연하게 생각하고 있었다.

그러다 하루는 남편이 휴대전화로 사진을 한 장 보내왔다. 내가 기다리던 묘연의 고양이는 내가 아니라 신랑에게 먼저 신호를 보낸 모양이었다. 입양처를 기다리고 있는 그 사진 속 회색 고양이는 다 큰 성묘였다. 그리고 우리가 흔히 길에서 보는 코리안 숏헤어가 아니라 일명 '품종묘'였다. 틀림없이 집을 나온 고양이거나 어떤 이유에선가 버려진 유기

묘라는 뜻이었다.

그 고양이는 약 6개월 정도 전부터 그 대학가를 돌아다니
기 시작했다고 한다. 그동안 밥을 주며 돌보던 캣맘이 집고양

이로 돌아가길 바라는 마음에 입양 공고를 올린 것이었다. 한 발자국 다가가면 두 걸음 멀어지며 경계하면서도, 자신이 마음을 연 사람에게는 마음껏 스킨십을 허락하는 아이였다. 당장 내일을 알 수 없는 길거리 생활에서 하루라도 빨리 벗어났으면 하는 마음에, 서둘러 입양을 결정하고 그 회색 길고양이를 데리러 갔다. 실은 나 역시 처음 보는 순간 알아버린 것이다. 넌 바로 우릴 만나기 위해 나타났다는 걸.

아기 고양이는 성묘에 비해 훨씬 인기가 많고 입양도 쉽게 되는 편이다. 어떻게 자랄지 모르는 어린 고양이와의 동거는 매일매일 새롭고 매력적일 뿐 아니라 무엇보다 귀엽고, 귀엽고, 또 귀엽다는 장점이 있다. 하지만 한편으로는 집사가 제공하는 환경, 그리고 어떻게 교육시키는지가 성묘에 비해 더욱 중요하다. 또한 고양이들은 대개 본능으로 인해 자라면서 물고, 뛰고, 할퀴는 과정을 겪을 수밖에 없고 집사도 이를 견뎌야 한다.

우리 집 첫째 고양이 제이도 처음 만났을 때 약 4월령의 아기 고양이였다. 물론 타고난 성격의 영향도 있지만, 어린 고양이일수록 집사의 행동에 많이 좌우되기 때문에 사람을 겁내지 않는 제이의 성격을 유지시키기 위해 나름대로 신경을 많이 썼다. 지금 내가 하는 행동 하나하나가 앞으로의 10여 년을 좌우한다는 생각에, 혼낼 때나 습관을 만들어줄 때도 다소 부담과 책임감을 느꼈다. 이를테면 지금 내가 지나치게 혼내거나 공격적으로 대하면 마찬가지로 공격적인 고양이가 될 가능성이 높으며, 매일 하루에 한 번씩 간식을 준다면 앞으로 늘 이 시간에는 간식을 기대하게 된다는, 직접적인 영향력에 대한 것들이었다. 아기 고양이가 커가는 걸 지켜보는 건 하루하루가 놀랍고 신비스러운 일인 동시에, 나 같은 초보 엄마로서는 흰 도화지에 선을 긋는 듯해 조심스럽기도 했다.

반면 성묘는 나와 잘 맞는 성격인지, 어떤 성향을 가지고 있는지, 다 크면 어떤 얼굴이 되는지를 모두 파악할 수 있어 궁합이 잘 맞는 묘연을 만나면 오히려 서로 적응하기 쉬울 수도 있다. 다만 어린 고양이보다 덜 귀엽다는 점, 이미 다른 환경에 적응해 있어서 새로운 집에서 잘 지낼지(혹은 기존에 키우고 있던 반려동물과 잘 어울릴 수 있을지) 우려된다는 점 때문에 입양 가기 어려운 점도 있다.

하지만 마치 운명처럼, 우리는 그 다 큰 고양이를 입양하는 데에 조금도 망설이지 않았다. 왠지 우리는 잘 지낼 수 있을 것 같았다. 둘째 고양이에게는 제이의 이름을 짓고 남은 우리의 나머지 이니셜 R, E 두 개를 조합해 '아리'라고 이름 지었다. 집에 온 첫날, 아리는 침대 밑에 몸을 반쯤 넣고 집안 분위기를 살폈다. 기존 고양이가 있는 집에 새 고양이가 오는 합사 과정은 영역 동물인 고양이 특성상 어려운 경우가 많다. 처음에는 방을 격리시켜 서로 냄새만 맡게 해주었고, 다행히 2~3일 만에 둘 다 무난히 적응해주었다.

캣맘의 말로는 아리가 남자를 유난히 무서워한다고 했다. 예전에 있던 집에서 문제가 있었는지, 길거리 생활 중 안 좋은 기억이 생긴 탓인지는 알 수 없었다. 그래도 사람 손길을 피하지 않았고, 사람을 공격하는 법도 없었다. 한때는 틀림없이 사랑받은 과거가 있었을 것 같았다. 그 외에 내가 아는 것은 2~3살로 추정되고 중성화하지 않은 암컷이라는 것, 고운 회색 털을 가진 품종묘라는 것 정도였지만 우리는 과거 모를 이 고양이에게 강력한 신호를 느꼈다. 인연을 맺는 데 느낌만큼 분명한 게 있을까.

어떤 사람인지 다 알고 만났어도 막상 사귀다 보면 새로운 모습을 발견하게 되는 것처럼, 마냥 순둥이인 줄만 알았던 아리는 어느덧 우리 집 서열을 다 평정하고 아무 데나 발라당 배를 까고 누워 있는 팔자 좋은 고양이가 되었다. 길 위에서 출산도 했던 씩씩한 엄마로서의 시간은 다 잊었는지(아리가 출산한 아기 고양이들은 좋은 가족에게 입양 갔다) 툭 하면 장난감을 물어와 어리광(혹은 명령)을 부리곤 한다.

아리를 보면 문득 생각한다. 어쩌다 길에서의 생활을 시작하게 되었던 걸까? 길에서 적응하는 일이 쉽지 않았을 텐데 얼마나 힘들었을까? 어떤 일이 있었기에 남자를 무서워하게 되었을까? 어린 시절을 함께한 사람은 누구이며, 어떤 이유로 아리를 버리거나 혹은 잃어버리게 된 걸까? 아리는 과거에 어떤 시간을 거쳐 지금의 모습이 되었을까?

과거 있는 연애는 그만큼 조금씩은 성숙해져 있다. 다만 서로의 과거는 묻지 않는 것이 포인트다. 나도 과거 따위는 전혀 신경 쓰지 않는 쿨한 여자친구처럼 굴고 싶지만, 발라당 누워 아무 생각 없이 뒹굴거리는 아리를 보고 있자면 구차하게 자꾸 아리의 과거가 궁금해지긴 한다. 나의 이중적인 심리가 웃기지만, 더불어 과거 따위는 다 잊어버렸으면 좋겠다. 역시 과거는 과거일 뿐, 중요한 건 지금과 앞으로의 우리니까.

남편과 고양이들이 함께하는 일상은 점차 안정을 찾고 평온해져갔다. 아리는 남편이 점찍어 입양했다는 사실을 아는지 그를 유난히 잘 따랐다. 큰 덩치로 얼굴을 부딪쳐가며 애정을 표현하는 아리 덕분에 남편과 두 고양이의 궁합이 날로 좋아졌다. 외출할 때면 그는 '제이, 아리, 집 잘 보고 있어. 집에 낯선 사람 들어오면 집 지키지 말고 도망쳐!' 하고 당부를 했다.

사실 남편은 동물을 키워야 한다면 어릴 때부터 키우는 게 좋은 것 같다고 여러 번 주장해온 사람이었다. 이상형대로

연인을 만나는 건 아니듯 묘연도 그렇다. 처음 만났을 때부터 성묘였던 아리를 입양하자고 할 정도로 예뻐했던 걸 보면, 우리가 가족이 되는 건 이미 정해져 있는 일이었는지도 모르겠다.

△△
이별에 대한
각기 다른 고찰

이제 막 반려동물과의 만남을 시작하고 있는 남편이 반려동물과의 이별에 대해 생각해본 적이 있었을까? 아마 그런 생각을 떠올릴 기회도, 그럴 이유도 없었을 것이다. 그가 고양이라는 새로운 세계에 기꺼이 발을 들이고 있는 것은 고마운 일이었지만, 두 개의 물줄기가 하나로 합쳐지듯, 우리 두 사람의 세계가 매끄럽게 그 간격을 줄이기만 했던 건 아니었다.

그와 나는 연애할 때 서로에게 참 닮은 점이 많다고 생각했지만, 실은 훨씬 많은 다른 점을 가지고 있었다. 결혼 생활에서 그게 큰 문제가 되지는 않았다. 그는 내가 먹고 난 두유 팩을 아무 데나 두었다가 한꺼번에 치우고 싶어 하는 것을 이해해주었고, 나는 그가 원하는 대로 아침에 일어나면 침대의 이불을 예쁘게 정돈하려고 노력했다. 결혼은 룸메이트가 되는 일과는 달랐다. 가끔은 모든 관계가 거추장스러워 세상에 오로지 나 혼자밖에 없었으면 좋겠다고 생각했던 나는, 그와 결혼하기로 한 후 남편의 삶과 내 삶이 일부 겹쳐진다는 사실을 이해했다. 그러나 동시에 그의 생각을 나와 똑같이 바꾸는 것은 불가능하며, 그가 나 없이 혼자 구축해온 하나의 완전한 세계 역시 받아들여야 한다는 것을 깨달아야 했다. 겉으로 드러나는 생활 습관을 맞춰갈 수는 있었지만 수면 아래에는 우리 각자가 믿고 살아온 거대한 세계와 가치관이 놓여 있었다. 그 가치관의 차이는 다툼을 넘어 오해와 불신을 만들어내기도 했다. 내게는 그중에서도 반려동물과의 이별을 받아들이는 일이 그랬다.

이제 막 봄이 올 듯 말 듯 하고 있는 계절이었다. 조금만 더 지나면 강아지들 산책 나가기 딱 좋겠다, 싶은 날씨였다. 나는 중학생 때부터 집에서 강아지를 키웠다. 당시엔 내 손바닥 위에 올라올 정도로 작은 요크셔테리어였다. 이름은 아지라고 지었는데, 당시 열다섯 살의 내가 이름에 별 관심이 없었는지 아니면 내게 결정권이 없었는지는 잘 모르겠다……. 아무튼 이름은 대충 지었어도, 사랑은 듬뿍 준 강아지였다.

아지는 꼭 내 방에서 잤다. 평소에는 애교 많은 성격도 전혀 아닌 데다 스킨십도 영 싫어했는데, 잘 때는 내 몸에 자기 몸을 꼭 붙인 채로 잤다. 지금은 반려동물에 대해 정보도 많고 나 역시 관심이 많아 아는 것도 늘었지만, 그때의 나는 아지한테 많은 걸 해주지 못했다. 훈련도, 놀이도 잘 몰랐고 오로지 예뻐해 주기만 했다. 그래도 아지는 무럭무럭, 요크셔테리어치고는 꽤 큰 몸집으로 자랐다.

14년 동안을 같은 방에서 살았지만 내가 결혼해 신혼집으로 나오고 나서 아지는 계속 친정에서 지냈다. 신혼집으로 데려오고 싶어 고민도 하고 남편과 상의도 했지만, 이미 노령견인데다 녹내장으로 시력이 약해진 아지에게는 익숙한 환경에서 지내는 게 낫지 않을까 싶었다. 그맘때쯤 난 틈틈이 불안했다. 열네 살이면 강아지 평균 수명으로 꽤 많은 나이였다. 한두 해 전부터 느려진 걸음과 푸석해진 털을 보며 늘 아기 같았던 내 강아지가 나이를 먹었구나, 하고 실감한 차였다.

그러다 엄마가 지나가는 말처럼, 아지가 밥을 통 안 먹는다는 말을 했다. 사료도 안 먹고 캔도 안 먹는다고. 그 말이 마치 무슨 전조 같아 가슴이 덜컥 내려앉아, 바로 친정인 수원으로 달렸다. 도착할 때쯤은 저녁 시간이었다. 아지는 내 방에 있는 자기 방석 위에 누워 있었다. 전날까지만 해도 잘 걸어 다니긴 했다는데, 내가 갔을 때는 이미 다리에 힘이 다 풀려 있었다. 그냥, 이제 시간이 얼마 안 남았다는 걸 알 것 같았다. 나는 죽음을 가까이서 접해본 적이 없었지만 아지를 보는 순간 무엇이 다가오고 있는지 알 수 있었다.

아지 옆에 앉아 얼굴을 쓰다듬어주는 사이, 아지는 꼼짝하지 않고 누워 있다가 한 번씩 경련을 했다. 손으로 찍어주는 물을 삼키지도 못하고, 간혹 경련을 일으키는 강아지의 모습을 나는 그저 수없이 쓰다듬으며 지켜볼 수밖에 없었다. 빠른 속도로 다가오는 끝을 바라보고 있는 게 너무 버겁고 무섭고 슬펐다. 평소에 내가 감당해오던 감정들의 무게와는 전혀 달라, 어떻게 감당해야 할지 잘 몰랐다. 그저 아지를 앞에 두고 내가 먼저 무너질 수 없으니 버티려고 노력했다.

내 인생에서 가장 힘든 이별을 앞두고 있었던 밤이었다. 그때는 이미 열한 시가 넘은 늦은 시간이었지만, 나는 가장 의지하는 사람인 남편에게 연락해 친정집으로 좀 와주면 안 되겠느냐고 물었다. 신랑도 아지를 종종 봤고 나에게 어떤 존재인지 알고 있었다. 그러니 내가 감당해야 하는 무게를 좀 나눠달라는 부탁이었다. 내 슬픔에 버팀목이 필요한 순간이었다. 하지만 평일이었기에, 휴대전화 저편에서 '내일 출근해야 하는데……' 하는 난처한 기색이 느껴졌다. 나는 서운한 마음을 숨기고 그냥 됐다며 전화를 끊었다. 물론 이성으로는 현실적인 문제에 대해 이해할 수 있었지만, 지금의 나에게 중요한 현실은 이곳에 있었다. 지금, 내 인생에서 나에게 엄청난 영향을 미치는 사건 중 하나가 일어나고 있는데, 그가 다른 문제를 떠올린다는 게 나는 무조건 서운했다.

그날 밤 아지는 아무 말도 없이 몇 번의 경련을 했고, 아직 녹내장이 심하게 오지는 않은 한쪽 까만 눈동자로 나를 가만히 바라봤고, 화장실에 걸어갈 힘이 없어 그 자리에 누워 까만 배변을 했다. 나는 피가 돌지 않는지 차가워진 네 다리를 내 손으로 감쌌다. 병원에 연락도 해봤지만 지금 병원에 데려가는 게 옳은 일인지 확신이 서지 않았다. 엄마가 깨끗한 담요를 새로 꺼내주었다. 그렇게 밤을 보내고 아지는 다음 날 아침에 무지개다리를 건넜다. 열다섯 살, 그래도 건강하게 오래 살았어, 그냥 그렇게 담담하게 생각하려고 애썼다.

한국의 법에 따르면 동물의 사체는 폐기물로 분류돼 쓰레기봉투에 담아 버리거나 허가된 동물 전용 소각로에서 화장해야 한다. 반려동물 장례 서비스에 픽업도 포함되어 있었지만, 왠지 그러고 싶지 않아서 남편에게 다시 SOS를 청했다. 그가 꼭 무슨 역할을 해야 하는 것은 아니었지만, 이 순간에는 내 배우자로서 당연히 함께해줘야 한다고 생각했다. '강아지가 떠났으니 장례식장에 함께 가달라'는 내 전화를 받고 남편은 '일단 회사에 전화해야……' 하고 머뭇거리면서도 결국 반차를 내고 왔다. 그에게 미안하지 않았다. 나의 세계에서 반려동물은 가족이었고, 가족이 아프거나 죽는 일은 회사에 반차를 낼 수 있을 만한 상황이었기 때문이다.

반려동물 장례식장에서 나와 남동생이 울다 그치다 또

울고, 그러는 모습이 그에게는 낯설었을 것이다. 애초에 그는 반려동물 장례 서비스라는 게 존재하는 줄도 몰랐으니까. 어색하게 서 있는 그의 옆에서 아지를 화장해서 보냈다. 곧 봄이 올 텐데. 올 봄에 실컷 산책할 수 있을 줄 알았는데, 봄을 함께 맞이하지 못했다는 게 어찌나 서러운지 몰랐다. 미안했고, 가슴이 아팠고, 이루 말할 수 없는 공허함이 나를 감쌌다. 그래도 오늘 날씨가 조금은 포근하니까, 무지개다리를 나풀나풀 사뿐히 걸어갔겠지, 그 길이 아름답고 즐겁기를 나는 바랐다. 죽은 뒤에 어떤 세계가 기다리고 있는지 생각해본 적이 별로 없었는데, 그때만큼은 봄처럼 아름다운 날이 꼭 이어져 있기를 애태워 소원했다.

그런 채로 유골을 기다리고 있는데, 장례식장에서 뭐가 꼬였는지 대기가 굉장히 길어지고 있었다. 남편은 기다리는 시간이 예상 외로 길어지자 슬슬 회사에 복귀해야 한다고 눈에 띄게 초조해하기 시작했다. 그 모습에 울컥 화가 치밀어 올라 결국 그에게 버럭 화를 냈다.

"그렇게 바쁘면 옆에서 티내지 말고 그냥 가!"

웬만하면 내가 부탁하는 귀찮은 일들을 거절하지 않고,

되레 먼저 챙겨주는 남편이었기에 그때의 서운함과 충격은 컸다. 강아지의 죽음은 내 인생에서 가장 큰 사건이나 마찬가지였다. 가족을 떠나보냈다는 상실감에 한동안 잠자리에 눕기만 하면 눈물이 줄줄 흘렀다.

내겐 여느 날과는 전혀 다른 하루였다. 하지만 그는 나와 같지 않을 뿐 아니라, 내 마음이 어떤지 그 깊이에 손가락을 찔러 넣어보려고도 하지 않는 것 같았다. 반려견을 보낸 상실감 안에 남편에 대한 배신감 한 방울이 잉크처럼 번졌다. 남편은 나중에 '난 강아지가 죽은 게 회사까지 빠질 만한 일인 줄 몰랐다'고 털어놨다. 회사에 '아내가 키우던 개가 죽었는데 휴가를 좀 쓰겠다'고 어떻게 말하느냐는 것이었다. 15년 동안 내 침대 귀퉁이에서 재운 강아지가 떠난 것에 대한 슬픔과 후회, 상실감 같은 것을 그는 전혀 짐작하지 못했다.

그때 내 마음은 대화를 통해 전할 수가 없었다. 남편은 결국 내 마음을 몰라줘 미안하다 했지만, 완전히 이해하는 기색은 아니었다. 내가 그걸 기대하는 것이 온당치 않은 일일지도 몰랐다. 그때는 신혼집의 고양이들도 겨우 반년쯤 함께했던 시점이니까……. 내 바람이 이기적인 것일지도 모르나, 여전히 그때의 일은 나에게 가슴 아프게 남아 있다. 고양이를 키우기 시작하면서 줄어들었다고 생각했던 거리감이 감당할 수 없이 벌어지는 듯했다. 내 반려자가 이해하지 못하는 아픔은 그만큼 더 외로웠다.

함께 고양이를 키우며 시간이 꽤 흐른 지금, 그때 이야기를 하면 그도 내 마음을 조금은 이해하게 된 것 같지만 아마 어떤 부분은 서로를 온전히 알아줄 수 없을지도 모른다. 아마 반려동물과의 이별에 대해서 우리 사이에는 경험하지 않으면 결코 좁힐 수 없는, 너무 긴 거리가 놓여 있는지도 몰랐다. 제이와 아리도 언젠가는 우리보다 먼저 수명이 다할 것이다. 그에게 반려동물이 있는 삶이란 이제 막 시작되고 있을 뿐이니, 몇 년이나 몇십 년 후에는 그도 그때의 내 심정을 반투명하게나마 알 수 있을까.

아마 그뿐만 아니라 많은 사람들이 아직 어린 반려동물과의 삶을 시작할 때 이별에 대해서는 지레 짐작해볼 필요가 없다고 여길 것이다. 벌써 이별을 생각하기에는 아직 우리의 고양이들과 보낼 시간이 충분하니까.

아무런 예고도 없이 덜컥 제이가 아프기 시작한 그날이 오기 전까지만 해도 나 역시 그렇게 굳게 믿고 있었다.

△△

2

간절하게 숨소리를
듣게 되었다

고양이가
아프기 시작했다

제이는 이동장 안에서 냐앙 냐앙 하고 울었다. 딱 해가 바뀐 1월 1일의 밤이었다. 집에서 겨우 5분 정도 거리의 병원을 가는 길이 유난히 추웠고, 24시 병원이었지만 휴일 밤이라 혹시나 병원 문을 닫을까 봐 걸음이 바빴다. 다행히 병원은 불이 켜져 있었고, 사람은 거의 없었다.

우리 고양이가 숨 쉬는 게 이상해서요……. 들어가자마자, 조용한 병원에서 누구에게랄 것 없이 말하고선 대기실에서 잠시 기다렸다. 제이의 눈은 동그랗게 커진 채였다. 진료실에 들어가 수의사 선생님에게 제이를 내밀자, 호흡이 가쁘게 들락날락하는 배 모양을 잠시 살펴보더니 검사가 좀 필요할 것 같다고 했다. 처치실로 들어가 각종 검사를 받는 동안에, 무슨 검사 때문에 옆구리의 털을 조금 깎아야 한다며 보호자의 동의를 구했다. 동의할 수밖에 없었지만 그 털을 깎는 게 그렇게 속상할 수가 없었다. 우리 제이 예쁜 털, 아까운 고운 털.

알고 보면 별것 아닐 거라고 나를 다독이며 달려왔는데, 털까지 깎아 검사한다고 하니 뭔가 심상치 않은 것 같다는 불길함도 조금씩 몰려왔다. 아까부터 마음속을 묵직하게 누르고 있던 돌 하나가 돌멩이가 아니라 바윗덩어리라는 것이 확정되는 느낌이었다. 한참 기다리고 몇 마디 이야기를 나눈 다음에 또 기다리고, 결국 검사가 끝난 건 새벽 한 시가 다 되어서였다. 하지만 끝내 퇴원하지 못하고 제이를 병원에 입원시켜야 했다.

제이가 숨을 좀 빠르게 쉬는 것 같다고 느낀 건 2~3일 전이었다. 가만히 있는데도 마치 한참 낚싯대 놀이를 하고 뛰어다닌 다음에 숨을 헐떡이는 것처럼 배가 빠르게 들락날락 움직였다. 왜 그때 바로 심각성을 느끼지 못했을까? 새해 첫날, 아침 무렵까지도 밥을 잘 먹었던 제이가 갑자기 저녁밥에 입만 대고는 먹지 않고 돌아설 때에서야 나는 덜컥 하는 마음에 밤 열 시에 제이를 동물병원에 데려갔다.

생각해보면 훨씬 더 빨리 알아챘어야 할 일이었다. 밥 먹을 때가 되면 항상 급한 마음에 사료통이 있는 싱크대 위로 뛰어오르곤 했던 제이가 뛰어오르지 않았을 때, 쉴 새 없이 하던 그루밍이 왠지 좀 뜸해진 것 같다는 생각이 들었을 때,

둘째 고양이 아리가 들어오고 나서는 늘 식탐을 부리던 제이가 언젠가부터 사료를 서너 알씩 남기곤 했을 때, 그때 이상하다고 생각했어야 했다. 고양이가 아픈 것을 티내지 않고 숨기는 동물이라는 것을 이론상으로는 알고 있었다. 약한 모습을 보이면 적에게 공격의 대상이 될 수 있는 야생동물의 본능 탓이라고 했다. 그래서 고양이는 집에서 더욱 예민한 관찰이 필요하다……. 고양이를 키우며 수없이 듣고, 또 했던 말인데 왜 내 고양이가 아픈 걸 미리 알아차리지 못했을까? 그 모든 사소한 신호, 혹은 전조가 되었을 작은 순간들을 왜 모두 일일이 의심해보지 않았을까?

그날 동물병원에서는 심장병부터 거대식도증, 복막염까지 다양한 병명이 짐작으로만 오르내렸다. 정확한 진단을 위한 검사 비용이 40만 원도 넘게 나왔지만 엑스레이에 찍혀 있는 몸속 하얀 덩어리의 정체는 결국 알아낼 수 없었다. 깨끗하게 보여야 하는 폐가 흉수로 뿌옇게 차 있고, 하얀 덩어리가 심장을 가리고 있어 심장 초음파 검사에서도 심장을 볼 수가 없다는 것이 꼬박 새벽 한 시까지 진행된 검사에서 나온 결과였다.

'아…… 이 하얀 부분이 뭔지 통 모르겠네요' 하는 선생님의 말에, 선생님이 모르면 도대체 누가 아는 건지 초조했다. 일단 가쁜 호흡은 폐에 차 있는 흉수 때문으로 보여 주사기로

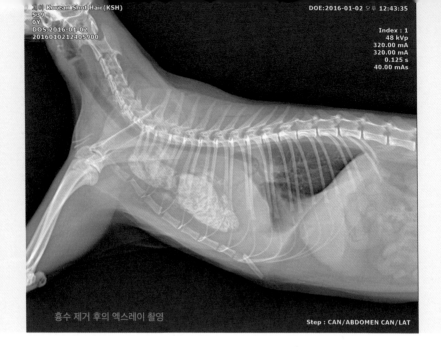

흉수 제거 후의 엑스레이 촬영

Step : CAN/ABDOMEN CAN/LAT

흉수를 뽑았다. 그러고 나서 다시 찍은 엑스레이에서는 폐가 그나마 조금 깨끗해져 보였다.

'보호자가 원한다면 다른 병원에서 CT촬영을 해봐야 할 것 같아요'라는 말을 마지막으로 제이를 산소방에 입원시켜야 했다. 낯선 곳에서 자야 하는 제이에게 인사를 하려고 다가가자, 내내 피를 뽑고 사진을 찍는 등 검사로 피곤한 와중에도 나한테 한 걸음 다가와 할 말이 있는 듯 얼굴을 유리 문쪽으로 내밀었다. 차마 그 앞에 더 서 있지 못하고 집에 돌아오는 길에, 머릿속은 엉망으로 헝클어져 있었다.

△△

길고양이로 사는 게
더 행복했을까

병의 이름도 알지 못한 채 제이를 입원시키고, 울컥 치솟는 마음을 억누르며 생각을 더듬어봤다. 태어난 지 1년도 안 된 이 작은 고양이에게 왜 이런 일이 생겼을까. 만약 누군가에게 같은 일이 생겼다면, 네 잘못이 아니라고 말해줬을 것이다. 네가 잘못해서 생긴 일이 아니라고, 고양이가 널 원망할 리는 없다고, 충분히 좋은 가족이었으니 죄책감은 갖지 말라고.

나 역시 원래는 어떤 일이 생겨도 그냥 일어나야 할 일이라 일어났으려니, 생각하는 편이었다. 하지만 막상 내 고양이가 병에 걸렸다고 하니 내가 탓할 수 있는 건 오로지 나밖에 없었다. 내 집에서, 내가 주는 밥을 먹고, 내가 돌보는 손길 속에서 지내던 아이인 것이다.

내가 혹시 밖에 나갔다 와서 손을 안 씻었던가? 집에서 남편과 다투는 소리에 스트레스를 받은 건 아닐까? 어린 길고양이였던 제이를 내가 책임지기로 한 건데……. 어쩌면, 만약에, 나를 만나지 못하고 그냥 길고양이로 살았더라면 그냥 더 건강하고 평범하게 살아갈 수 있었던 건 아닐까. 불행한 일이 닥쳤을 때 대개 그렇듯 안 좋은 생각만 꼬리에 꼬리를 물었다. 나에게 온몸을 다 맡기던 이 작은 생명 하나를 내가 어찌해줄 수 없다는 무력함은, 3킬로그램도 되지 않는 아기 고양이 한 마리의 무게와는 비교할 수 없이 묵직하게 나를 내리눌렀다.

다음 날, 병원에서 권장했듯이 CT촬영을 하기 위해 더 큰 동물병원으로 옮겼다. 그곳에서 다시 이런저런 검사를 처음부터 하루 종일 진행했지만, 결국 CT촬영을 해봐야 알 것 같다는 결론이 났다. 또 입원을 하고, 마취를 하고……. 검사 결과가 나오기까지 며칠을 기다려야 했고, 그러는 동안 수의사 선생님이 또 제이의 병으로 추정되는 각종 병명들을 들려주셨다. 그중 또다시 고양이 복막염의 가능성이 머리를 들었다. 고양이 복막염은 치사율 100퍼센트라고 할 수 있는 심각한 질병으로, 수의사가 아니더라도 고양이를 키우고 관심 있는 사람이라면 한 번쯤 들어봤을, 그리고 듣고 싶지 않은 병명 중 하나였다. 침착한 척을 하고 있던 마음이 또 울렁거리기 시작했다.

복막염 가능성의 수치가 아슬아슬하다고 했다가, 아닌 것 같다고 했다가, 또 가능성이 있다고 했다가, 다양한 소견 끝에 나온 결론은 '어쨌든 아직은 뭐라 확실히 말할 수 없다'

는 것이었다. 결국 며칠 후, 최종적으로 복막염은 아니라는 결론이 났으나 그에 못지않은 절망적인 이야기가 쏟아졌다. 림프종, 그중에서도 흉선이라는 위치에 있는 '흉선 림프종'인 것 같다고 했다. 울면 무슨 큰일이 나버린 것 같을까 봐 울지 않으려고 했는데, 아무래도 큰일이 난 게 맞는 것 같았다. 마음을 추스르기를 체념하고 나는 울었다.

일단은 여전히 몸에 흉수가 차고 있어 숨 쉬는 것이 어렵기 때문에 매일 병원에서 주사기로 흉수를 빼주어야 했다. 호흡이 불안정한 탓에 이틀 입원, 이틀 퇴원, 또 이틀 입원하는 식의 패턴을 되풀이하다가 밤 열한 시가 넘어서 수의사 선생님에게 전화가 왔다. 선생님들이 의견을 모아 심각하게 고민해보고 있는데, 수술을 한다면 아무래도 아주 힘든 수술이 될 것 같다고 했다. 중요한 혈관이 많이 지나가는 너무나 위태로운 위치이고, 수술 중에 위험할 수도 있을 것 같다고. 나오지 않는 목소리를 짜내어 네, 네, 대답을 하고 전화를 끊었다.

이제 내가 믿을 수 있는 건 병원도 아니고, 제이의 기적 같은 회복력도 아니었다. 제이가 아프다는 이야기를 블로그에 간략하게 썼는데, 그리 왕래하지 않던 이웃이 남겨준 '가망 없는 위험한 병으로 진단받고도 몇 년 뒤에 멀쩡하게 잘 살고 있는 아이들도 있다더라'는 댓글이 우습게도 가장 희망적이게 들렸다.

고양이 치료비에
정답이 있다면

우리나라의 동물병원 진료비는 어느 나라와 비교하면 터무니없이 비싸다고도 하고, 또 어느 나라에 비하면 상당히 저렴하다고도 한다. 무엇이 기준인지는 모르겠지만 어쨌든 반려동물을 키우기 위해서는 병원비도 미리 고려해야 하는 영역인 것은 분명하다. 강아지나 고양이를 키우다 보면 특별히 병이 있는 게 아니더라도 꼭 동물병원에 가야 할 일이 생긴다. 각종 예방접종으로 시작해 모기로 감염되는 심장사상충 예방(보통 매달, 혹은 1년에 한 번 맞는 것도 있다)과 중성화 수술까지 마치고 나면, 특별한 문제가 없는 한 동물병원에는 수의사 선생님의 얼굴이 가물가물해질 때쯤 한 번씩 들르면 된다. 하지만 특별한 문제가 생기면 이야기가 달라진다.

사람도 아프면 병원에 가야 하는 것처럼, 고양이가 아플 때 병원에 데려갈 수 있는 경제적 능력이 있는지는 반려동물

마취 후 체온을 올리고 있는 제이

을 키울 때 감안해야 하는 중요한 요소 중 하나다. 또 한 가지, 경제적 능력과 별개로 '반려동물에게 쓰는 비용의 상한선'이 있는 경우도 있을 것이다.

동물병원에서도 검사나 치료를 무작정 강요하는 것이 아니라, 무언가를 하기 전에는 보호자의 의사를 꼭 물어본다. 고양이 CT촬영도 비용이 꽤 되기 때문에 처음 갔던 동네 병원에서도 촬영 의사가 있는지를 먼저 물어봤고, 옮긴 병원에서도 본격적인 치료를 앞두고 전 과정에 대한 설명과 상담을 진행했다. 치료를 진행할 의사가 있느냐는 말은, 병원을 오가며 아픈 고양이를 돌볼 의지가 있느냐는 의미다. 또한 함께 사는 가족의 동의를 받았느냐는 뜻이고, 고양이를 돌보는 데 상당한 시간을 투자할 수 있겠느냐는 뜻이다. 하지만 무엇보다도 비싼 병원비를 감수할 수 있느냐는 질문에 가장 가깝다.

> "제이 종양의 위치는 가장 예후가 안 좋은 부위예요."

남편은 출근했고, 일 특성상 업무 시간이 자유로운 내가 혼자 병원에 간 날이었다. 고양이 림프종 진단을 받은 후 까만 화면에 엑스레이와 CT 사진 여러 장이 비춰졌지만 그게 무엇을 의미하는지 내가 보고 실감할 수는 없었다. 선생님, 그래서 나을 수 있는 건가요? 그게 중요했다.

병원에서는 최종적으로 수술도 안 되겠다고 했다. 대신 항암 치료를 받아야 할 것 같다는 설명이었다. 항암 치료는 25주 동안이나 진행하는 스케줄이었다. 가장 큰 문제는, 치료를 한다고 해도 완전히 나아질 수 있을지 장담할 수 없다는 점이었다. 병원에서는 항상 최악의 경우까지를 설명해주기

마련이니, 항암이 전혀 효과가 없는 경우도 있으며 심지어 중간에 부작용으로 잘못될 수도 있다는 가능성에 대해서도 들어야 했다. 또한 치료를 끝까지 잘 받는다고 한들 재발할 가능성이 매우 높으며 치료 후에도 기대 수명은 1년 정도라는 것이었다.

그리고 항암 치료 비용은 한 회에 30~50만 원 정도……. 내가 결혼한 지 딱 4개월이 되었을 때였다. 둘 다 20대였기에 모아놓은 돈이 있어 결혼한 게 아니라, 따로따로 모으느니 둘이 같이 살면서 모으는 게 빠르겠다고 야심차게 결심한 것이었다. 그나마 모아놓은 돈은 결혼할 때 집 보증금으로 다 썼다. 당연히 전세금도 없고 대출도 어려워 보증금 2천만 원을 넣고 월세로 새싹처럼 시작한 참이었다. 남편은 빨리 돈을 모아 집을 사고 싶다고 했고, 나는 저금은 많이 못해도 지금 맛있는 걸 먹고, 가끔 여행갈 수 있으면 그걸로 좋다고 생각했다. 돈이 많은 건 아니라도 당장 커피 한 잔 못 사서 불편한 게 아니면 괜찮다고……. 이렇게 한가로운 마음으로 지내고 있었는데, 무슨 팔자 좋은 소리냐는 듯 현실 앞으로 질질 끌려온 것이다.

"항암 치료를 만약 시작하실 거라면……."

수의사 선생님이 바로 예약 스케줄을 잡지 않고, 일단 치료를 시작할 것인지에 대해 조심스레 물었다. 설령 비용에 대한 부담으로 치료를 하지 않는다고 해도 보호자가 죄책감을 느끼지 않도록 하려는 의도가 내게도 느껴졌다. 당장 제이가 호흡도 빠르고 잘 움직이지도 않고 식빵만 굽고 있는데(고양이가 네 발을 다 몸통 아래 숨기고 엎드려 있는 것을 식빵 자세라고 한다) 치료를 하지 않는다는 생각은 할 수 없었다. 하지만 '그래서 비용이 얼마라고요' 물어보고 나니 또 왈칵 마음이 심란해졌다.

> "선생님, 근데…… 치료 안 하면 안 되는 거잖아요?"

치료 기간인 25주가 까마득하게 느껴졌다. 치료를 시작하지 않을 때 일어나는 일에 대한 확인 사살을 받고서, 머릿속으로 통장 잔액과 월급 액수 등을 헤아려보고서, 아까 들은 병원비에 25회를 언뜻 곱해보고서, 입에서 떨어지지 않는 말을 꺼내고 병원을 나섰다. 치료 시작할 건데, 일단 시작은 할 건데요, 끝까지 할 수 있을지는 모르겠어요…….

선생님은 목구멍에서 꾸역꾸역 말을 끄집어내는 나에게 휴지를 건네주며 괜찮다고 했다. 치료를 마치지 못해도 아무도 뭐라고 할 수는 없다는 위로였다. 상담을 마치고 병원에서 나오자 시간이 늦어 깜깜했고, 차들은 쌩쌩 달리고 있었다. 문득 이렇게 커다란 세상 속에서 제이는 너무 작고 약한 생명이라는 느낌이 들었다.

제이의 병원비로 고민하는 내가 세상에서 가장 작은 사람 같았다. 아니면 나쁜 사람이거나. 나 역시, 여태껏 여러 가지 이유로 병원비를 감당하기 어려워하거나 혹은 포기했던 이들을 향해 진심으로 위로를 건넨 적이 있었다. 그 모든 위로들이 따끔따끔하게 떠올랐다. 누군가 날 비난하기 때문에 힘든 게 아니라, 단지 내가 견딜 수 없는 것뿐이었다. 집에 돌아가면 퇴근한 남편과 이 문제에 대해 상담해야 하는데, 남편은 뭐라고 할까? 흔쾌히 치료를 찬성해줄까? 아니면 안 했으면 좋겠다고 할까?

반려동물에게 쓸 수 있는 치료비의 기준이라는 건 각자의 경제적 여건 그리고 가치관에 달린 매우 주관적인 문제다. 그의 생각이 나와 완전히 같지 않다고 해서 그를 비난할 수는 없는데……. 버스 안에서 바람 맞은 여자처럼 눈이 빨개진 채 눈물을 줄줄 흘리면서, 무거운 마음으로 집으로 향했다.

△△

내 고양이가 아니라
우리의 고양이기에

내게 중요한 일을 다른 사람과 의논하는 습관은 없었다. 혼자서 할 수 있는 일을, 혼자서 책임질 수 있을 만큼만 하고 살자는 것이 내 삶의 방식이었다. 무거운 문제를 누군가와 의논하고 나누는 일이 나를 더 혼란스럽게 만든다고 느꼈다. 다른 사람의 의견에 내 결정이 흐려지고 갈팡질팡하게 되는 것이 싫었고, 또 힘든 일을 표면으로 꺼내면 정말 심각한 주제가 되는 것 같아 부담스럽기도 했다. 어차피 이건 내가 견뎌야 한다, 누군가와 진짜로 나눌 수는 없으니 호들갑 떨지 말자, 그렇게 생각하며 살아왔던 것 같다.

하지만 결혼은 달랐다. 내 마음에 물어 혼자서 원하는 답대로만 살아가던 것을 그만두고 앞으로는 둘이서 손을 잡고, 적어도 같은 방향의 길로 걸어가자고 약속하는 것이 결혼이었다. 그 와중에도 각자의 꿈, 각자의 방식, 각자의 삶은 있겠지만 어쨌든 우리는 '함께' 한다는 대명제를 인정하기로 약속한 거였다. 그리고 우리가 함께 키우기로 결정한 반려동물, 고양이 제이에 대한 것도 마찬가지였다.

제이가 림프종 선고를 받고 만만치 않은 병원비를 내야 한다는 사실을 알았을 때, 만약 제이가 나 혼자 키우는 고양이였다면 기꺼이 다른 여러 가지를 포기했을 것이다. 반려동물의 존재는 나에게 있어 진정한 의미의 가족이었다. 가족의 투병을 위해 맛있는 걸 덜 먹고, 여행을 안 가고, 저금을 과감하게 그만두었을 것이다. 혼자 살 때는 당장 큰돈을 모아야 하는 것도 아니었고, 내 가치관으로는 제이가 첫 번째 우선순위였으니까.

하지만 몇 달 전 결혼을 해서 달라진 점 중 하나가 바로 경제적인 부분을 공동의 범위로 합쳤다는 것이었다. 같이 사는 집의 월세와 관리비, 보험료, 휴대폰 요금, 교통비 등 꼭 써야 하는 고정 지출이 있었고, 나름대로 둘이서 머리를 맞대고 결정했던 생활비나 저금 계획도 있었다. 그 모든 걸 뒤로 미루거나 변경하고 병원비를 첫 번째 우선순위로 두는 것에 대해서, 남편에게 무조건적인 동의를 강요할 수가 없는 노릇이었다. 실은 그렇게 한다고 한들 우리 경제력으로 병원비 충당이 가능한지도 확신할 수도 없었고 말이다.

하지만 병원비 때문에 고민하는 지금의 상황이 제이에게

너무 미안했다. 돈을 어떻게 생명의 가치에 비할까. 하지만 현실적인 문제는 애써 외면해도 어느새 또 눈앞에 있었다. 내가 하기에는 너무 이기적인 말인 것 같아서, 우리 상황이 힘들어도 제이가 우선 아니겠냐고 남편이 단호하게 말해줬으면 하고 내심 바랐다. 설령 우리가 할 수 있는 일에 언젠가 한계가 보일지라도 당장은 그런 말을 듣고 싶었다. 내 마음에 공감하고, 내가 하고 싶은 노력에 당연히 힘을 실어주겠다고 말해주었으면 했다.

> "제이를 위해서 할 수 있는 건 다 해보자, 그렇게 말해주면 안 돼? 너한테는 제이가 안 소중해?"

그에게도 제이는 생전 처음으로 친해진 고양이였다. 하지만 불과 2~3개월 전까지만 해도 반려동물이 있는 삶을 겪어보지 않은 그는 아직, 동물에게 그렇게 많은 돈을 쓰는 것을 흔쾌히 이해하지 못했다. 제이가 첫날 검사를 하고 큰 병원으로 CT촬영을 하러 옮기던 날, 그는 반려동물의 병원비로 쓸 수 있는 돈은 200만 원 정도가 상한선이라고 생각한다고 조심스럽게 말했다. 하지만 이미 검사하는 데에만 거의 그 정도 비용이 들었다. 얼마 전에 '고양이를 위해 쓸 수 있는 병원비'에 대해 외국에서 조사한 수치를 본 적이 있는데, 한화로 약 100만 원 정도라고 응답한 사람들이 가장 많았다. 그러고 보면 남편의 기준은 상식적인 선이었던 셈인데, 그때 내 기분은 그렇지가 않았다. 또 그는 만약 완치할 수 있는 희망이 있다면 몰라도, 25주차 치료를 다 끝내도 기대 수명이 1, 2년에 불과하다는 것이 이성적으로 마음에 걸린다고 했다. 하지만 나는 그때 이성이고 뭐고, 그런 방식으로는 계산할 수 없었다. 치료하지 않으면 보름밖에 살 수 없다고 했고, 치료를 시작하면 적어도 그 시간을 조금이나마 늘릴 수 있었다. 천만 원에 한 달을 더 산다고 해도 나에게는 그 시간이 꼭 필요했다. 나중에 돌이켜보면 내 생각만 했던 것 같아 그에게도 정말 미안하지만, 치료를 시도하지도 않고 포기하는 것은 생각만 해도 견딜 수가 없었다.

우리가 돈이 엄청 많았으면 좋았을 텐데. 결혼 준비를 할 때도 없으면 없는 대로 하자는 생각에 돈으로는 고민하지 않았는데, 처음으로 간절하게 그런 생각을 했다. 이런 문제로 고민해야 한다는 사실 자체가 윤리적이지 못한 것처럼 느껴졌다. 우리는 며칠 내내 늦게까지 잠들지 못했다. 가끔은 입씨름을 했고, 가끔은 아무 말 없이 밤을 보냈다. 선뜻 대답해주지 못하는 남편의 망설임에 내 죄책감을 털어내듯 나는 더 날카롭게 그를 질책했다. 그가 생명을 소중히 생각하지 않는 것이 결코 아니고, 또 제이를 좋아하지 않는 것도 아닌데 현실적인 수치를 꺼낸다는 이유만으로 그를 자꾸 나쁜 사람으로 만드는 것 같아 어떨 땐 미안해서 더 많이 울었다. 나와 다른 가치관을 가지고 살아온 그에게 내 방식을 강요하는 듯한 죄책감을 들키지 않기 위해서 그의 양심을 찌르고 망설임을 탓했다.

내 마음이 힘든 만큼 그도 내가 원하는 말을 해주지 못해 힘들었을 것이다. 계획적인 사람이라 종종 10년 뒤, 20년 뒤의 일까지 설계해 나에게 차근차근 설명해주곤 했었는데, 갑자기 한 사람의 월급에 가까운 돈을 매달 지출해야 하니 그 계획들이 맘에 걸리는 것은 물론, 모든 게 큰 벽처럼 느껴졌을 것이다.

"일단, 해보자."

결혼 후 공동 비용을 지출하는 것에 대해서 우리는 서로의 이해를 구하지 않으면 안 됐다. 마음이 정확히 일치하지 않는다면 기본적으로 두 사람이 조금씩 양보해 타협을 해야 하는데, 금전적인 일에서는 때로 어쩔 수 없이 한 사람이 일방적으로 양보를 해야 하는 상황도 생긴다. 그러나 그 양보는 억지로 참는 게 아니라, 어떤 방법으로든 납득할 수 있는 이해에 기반해 이루어졌으면 좋겠다고 생각한다. 그에게 합리적인 관점에서 이해를 구하는 건 어려운 일이었다. 그러나 그는 비싼 치료비를 이해하지는 못해도, 나에게 매우 중요한 문제라는 것을 결국 이해해주었다. 물론 무엇보다 제이를 위해서이기도 했다.

그래서 우리는 이 긴 항암 치료를 최대한 해나가기로 결정했다. 이후 매달 통장에 여유가 만 원도 남지 않는 빽빽한 생활을 해야 했지만, 우리는 아직 어린 제이에게 기적이 일어날지도 모른다고 믿기로 했다.

△△

널 위해서 내가 어떻게
해주는 게 좋겠니?

솔직히 고백하자면, '반려동물에게 너무 힘들 것 같아 치료를 포기한다'는 것을 나는 일종의 자기 합리화라고 생각했다. 물론 나 역시 백번 이해할 수 있는 합리화였다. 내 반려묘를 위해서다, 그렇게라도 생각하지 않으면 견딜 수 없었을 것이다. 한편으로는 그 마음이 절절하게 안타까우면서도, 또 한편으로는 어떤 단계에서 그렇게까지 생각하게 되는 걸까 와닿지가 않았다. 당장의 나로서는 도저히 지금은 포기할 수 없을 것 같았다. 치료 때문에 힘든 건 아직 일어나지 않은 일이고, 일단 제이가 아픈 게 바로 눈앞에서 일어나고 있는 일이었기 때문이다.

처음 병원에 갔을 때, 제이는 호흡이 가쁘고 밥을 못 먹었으며 기운이 없었다. 배를 만지면 질색하고 싫어하면서도 자꾸만 내 품 안으로 와서 안겼다. 림프종 진단을 받고 장기적인 항암 치료가 얼마나 길고 지치는 일이 될지 들었지만, 그보다 당장 눈앞의 상태가 심각한데 조치를 취하지 않는다는 건 생각할 수 없었다. 약이든 수술이든, 무엇이라도 해서 일단 지금의 상태를 호전시키는 게 중요했다.

제이가 정상적으로 호흡하기 위해서 지금 당장 필요한 치료는 몸속에 차 있는 흉수를 제거하는 것이었다. 종양 때문에 장기가 눌려서 몸 안에 물이 차는 것이라고 했다. 이틀에 한 번 꼴로 병원에 가서 흉수를 뽑았는데, 그때마다 마취를 해야 했다. 그것만 해도 매번 14만 원가량이 들었다. 그렇게 흉수를 뽑으면 잠깐은 호흡이 조금 편해지는 것 같다가 하루만 지나도 금방 또 배가 오르락내리락 하는 속도가 빨라졌다.

흉수가 차는 속도가 너무 빨라서, 그리고 매번 마취를 하는 것도 몸에 무리가 갈 수 있어서 병원에서는 몸 안에 관을 삽입해 집에서 그때그때 흉수를 뽑아내야 할 것 같다고 했다. 몸 안에 관을 넣어 직접 흉수를 뽑아낸다니……. 흡사 SF영화에서나 나올 법한 일처럼 느껴졌다. 하지만 흉수를 빨리 뽑아주지 않으면 제이는 몸이 무거워 뛰지도 못했다. 입을 벌리고 헥헥거리며 개구 호흡을 하기도 했다. 강아지는 덥거나 숨이 차면 혀를 내밀고 헥헥거려서 체온 조절을 하지만, 고양이가 입을 벌리고 숨을 쉬는 건 매우 몸이 안 좋다는 직접적인 증거다.

벌써 검사 때문에 몇 번이나 마취를 했던 제이는 흉관을 몸에 삽입하기 위해 또 마취를 해야 했다. 수술 중에 깨어나지 못할 수도 있는 가능성을 숙지했다는 내용의 동의서에 나는 또 몇 번째인지 모를 사인을 했다.

정작 항암 치료에 들어가기도 전에, 우선 흉관 삽입을 하는 것이 가장 심각한 단계였다. 등부터 배까지, 한쪽 몸통의 털을 모두 밀고 흉관을 장착하고 나온 제이는 전에 없이 예민했다. 마취에서 깨어났다는 소식을 듣고 면회 차원에서 병원에 갔는데, 평소처럼 품에 안아들자 몸에 꽂힌 흉관 때문인지 움직일 때마다 비명처럼 아픈 소리를 토해냈다. 한 번도 들어보지 못한 울음소리였다. 지금까지 제이가 아픈 게 눈에 보이지 않는 원인 때문이었다면, 이렇게 물리적으로 고통이 보이는 건 처음이었다. 윤기가 흐르던 보드라운 털이 절반쯤 다 밀려나간 건 이제 충격받을 거리도 아니었다. 몸에 관을 꽂은 제이를 어떻게 만져야 할지 몰라서 금방 다시 선생님 손에 제이를 건넸다.

'이렇게 아프고 힘든 거였으면 차라리……'라는 생각이 내 마음 저 바닥에서 이때다 하고 치밀어 올라왔다. 어쩌면 치료 과정이 제이에게 더 힘든 일이 될지도 모른다는, 제이를 위한 것인지 나를 위한 것인지 모를 싱숭생숭한 마음이 또 불쑥 나를 뒤흔들었다. 몸에 꽂은 흉관을 제거하는 일정은 기약

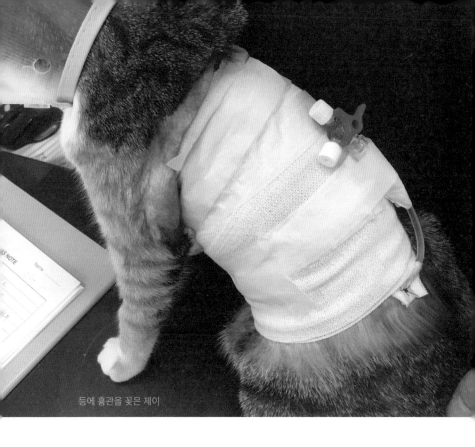

등에 흉관을 꽂은 제이

이 없었다. 항암 치료가 잘 들고 종양의 크기가 줄어들어야
흉수가 차는 속도가 늦어질 것이다. 하지만 선생님이 미리 경
고했듯이 치료가 전혀 효과가 없을 수도 있다. 또 치료 과정
에서 지금보다 더 힘든 일이 생길 수도 있었다. 항암 치료에
따라올 수 있는 각종 부작용이 이보다 덜 괴로우리라는 법은
없었다. 도대체가 분명한 게 없었다. 처음 듣는 비명을 지르는
제이에게 정말 물어보고 싶었다.

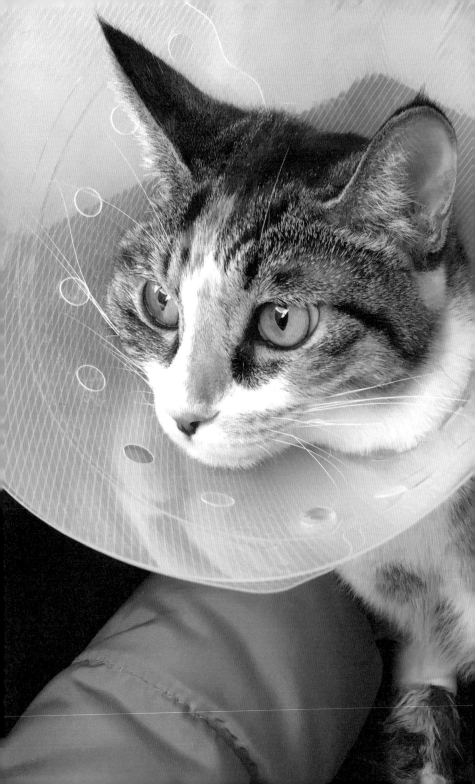

넌 어떻게 하고 싶어?

제이야, 널 위해서 내가 어떻게 해주는 게 좋겠니?

얼마 후 퇴원하는 날 다시 병원에 갔다. 다행히 제이는 지난번보다 컨디션이 나아진 것 같았다. 잘 움직였고, 만졌을 때 비명을 지르지도 않았다. 그것만으로도 나 역시 한결 안심이고 다행이었다. 그래, 이제 앞으로의 일에 집중하자. 더 이상 갈팡질팡하지 말고 이 선택이 최선이라고 믿자. 그게 내 욕심이어도, 적어도 제이를 위해 하지 못한 것에 대해 후회하지 않도록. 고통스러운 치료를 포기하는 게 반려동물을 위한 것이라면, 그럼에도 지속해나가는 것은 이제 나를 위한 일이었다.

반려동물의 큰 질병 앞에서 보호자는 여러 가지 현실적인 이유로 고민과 선택을 하게 된다. 금전적인 문제, 고양이의 증상과 활동력의 문제, 치료 후의 가능성과 예후에 대한 문제. 반려동물의 상태와 수의사 선생님의 소견을 참고해 치료를 해나갈 수도 있고, 최후에는 안락사를 하는 결정도 있다. 상황이 모두 다르기 때문에 누가 대신 결정해줄 수가 없다. 최종적으로 어떤 길을 선택하느냐는 오로지 보호자의 몫이다. 한 생명을 책임진다는 건 그런 것이다. 선택 장애, 결정 장애라서, 그런 변명과 우유부단함이 통하지 않는 냉정한 갈림길이다.

제이는 항암 치료가 끝나도 1년밖에 살 수 없을지도 몰랐지만, 그리고 그 과정이 힘들고 고통스러울 가능성도 있었지만, 나는 일단 돌아보지 않기로 결정했다. 여러 가지 가능성에 우선순위를 매겨보았을 때, 이기적인 것일지도 모르지만 내 자신이 후회하지 않는 것을 최선으로 두기로 했다. 이제 시작이니까, 더 지켜보고 더 견뎌보기로 했다.

퇴원 후에 어떻게 집에서 흉관을 관리해야 하는지, 항암약은 어떤 주기로 먹여야 하는지 등에 대한 설명을 들었다. 사고도, 입원도 생전 경험이 없는 나는 처음으로 붕대 감는 법을 배웠다. 먼저 붕대를 풀고, 흉관이 삽입된 부분에 염증이 생기지 않도록 소독약을 바르고, 연고를 바른 후 거즈를 덮고, 다시 붕대를 감아주는 순서였다. 몸 안으로 연결된 관에 주사기를 꽂아 천천히 흉수를 뽑아주는 것도 신중하게 보고 외웠다. 제이의 몸 안에서 뽑아져 나오는 것이라고 생각하면, 무언가 하나라도 실수할까 봐 겁이 났다. 혹시 부서지기라도 할까 조심스레 제이를 안고 드디어 퇴원하는 날, 이제 내 손에서의 관리가 중요해진 시점이었다.

△△
우리는 함께
살고 있으므로

제이는 종양 때문에 몸 안에 흉수가 차고 있어서, 흉관을 몸 안에 삽입한 채로 항암 치료를 시작하게 되었다. 항암 치료를 하는 데에는 주의사항이 따라붙었다. 제이의 침이나 배변에 나오게 되는 항암제 성분이 사람에게 좋지 않으니, 사람 몸을 핥지 못하게 하고 화장실을 치울 때도 고무장갑 등을 착용하라는 것이었다.

핥지 못하게 하라는 것이 다소 매정하게 느껴졌지만 고 개를 끄덕였다. 나중에 생각해보니 그럼 같이 밥을 먹고 화장실을 쓰는 아리도 떼어놓아야 하나 싶었는데, 24시간 붙어 감시하지 않고서야 집이 비었을 때 같은 밥그릇 쓰는 걸 못하게 할 도리는 없었다. 다행히(?) 두 고양이가 서로 그루밍해주는 친한 사이는 아니었다. 뭘 검색해도 또렷한 답을 내놓지 않는 인터넷에 달라붙어 검색해보니, 다른 수의사 선생님도 항암 치료 시 동거묘에 대해서는 특별한 주의사항 언급이 없었다고 하여 이 부분은 괜찮으려니, 생각하기로 했다.

다만 남편은 이 주의사항에 나보다 더 예민하게 반응했다. 우선 제이에게 약을 먹이는 것 때문에 무조건 제이의 입에 손가락을 넣어야 했는데, 그는 손에 침이 닿으니 약을 먹일 때 비닐장갑을 착용하자고 제안했다. 나는 안 그래도 약 먹이기가 힘든데 비닐장갑을 쓰면 제이나 우리나 불편할 것 같아 내키지 않았다. 실제로 해봤지만, 비닐장갑을 끼고 했을 때 목구멍에 제대로 약을 넣어주기가 훨씬 어려웠다. 뿐만 아니라 밥그릇도 문제였다. 남편은 제이가 쓴 밥그릇을 우리가 먹은 그릇과 함께 설거지하지 말고 따로 씻자고 했다.

나는 원래 집에서도 청소나 정리정돈에 대해 꼼꼼하지 못한 편이고, 남편은 무엇이든 나보다 깔끔한 편이다. 똑같이 설거지를 해도 그릇만 닦는 나와 달리 남편은 언제나 전기레인지 위까지 깨끗하게 뒷정리를 했다. 매사에 깔끔하게 하지 못하고 얼버무리는 내 성격을 남편도 알고 있었지만, 또 우리가 한 번도 생각해보지 않은 새로운 안건이 떨어진 것이다. 어디까지 서로 봐주고, 어디부터는 참을 수 없는지 새로운 타협점을 찾아야 했다.

단순한 성향 문제가 아니라 병원에서 항암 성분이 몸에 안 좋다고 하니 좀 더 예민한 부분이 될 수밖에 없었다. 나도 물론 병원에서 알려준 주의사항은 최대한 지키는 것이 좋다고 생각했지만, 함께 생활하던 걸 일일이 분리하는 것이 더 번거롭게 느껴져 상대적으로 쉽게 소홀해졌다. 반면 남편은 제이 밥그릇이 무심코 싱크대에 들어가 있는 걸 보면 날카롭게 반응했다. 애초에 사람 그릇과 고양이 그릇을 엄격하게 분리하지 않는 나와 고양이가 사람 그릇에 코를 들이미는 것도 싫어하는 남편 사이의 다툼은 당연한 일이었다. 물론 남편의 말이 옳았다. 가능한 한 제이의 침이나 모래에 우리 물건이 닿지 않도록 주의하겠다고 다시 한번 약속했다.

하지만 사실, 처음에만 그렇지 항암 치료 기간이 워낙 길어지다 보니 이 문제에는 둘 다 자연스럽게 무뎌졌다. 나는 그냥 맨손으로 약을 먹인 후 손을 잘 닦았고, 남편도 제이의 화장실을 치울 때마다 고무장갑을 끼는 걸 귀찮아하더니 어느새 맨손이 되었다. 무엇보다 원칙에서 어긋나는 것을 발견할 때마다 서로에게 날을 세우며 비난하는 것을 그만두었다. 태어나서 처음 겪는 일이라 우리도 모든 일에 여유가 없고 서툴렀던 것 같다. 하지만 제이가 가만히 다가와 나를 핥을 때마다 슬그머니 피하는 건 역시 매번 마음이 안 좋고 미안했다. 내 마음이 그런 게 아닌데 제이야, 하며 나는 우물쭈물 변명하곤 했다.

너는 아직
아기 고양이

제이는 이제 총 25주차 프로토콜 중 이제 막 1주차 치료를 시작하는 새내기 환자였다. 다행히 흉관을 삽입하고 나서 며칠이 지나자 제이는 잘 돌아다니고, 뛰기도 했다. 몸 안에 차고 있는 흉수를 매일매일 뽑아주니 숨이 차 호흡을 헐떡이는 증상도 상당히 나아졌다. 물론 관을 꽂고 붕대를 몸통 전체에 둘둘 감고 있는 모습이 보기 안쓰러운 것은 어쩔 수 없었다.

이제 일주일에 한 번씩 병원에서 항암 주사를 맞아야 했는데, 예방접종처럼 한 방에 따끔 맞고 끝나는 것이 아니라 링거처럼 맞는 주사였다. 즉시 부작용이 생길 수도 있어 주사를 맞은 후에도 병원에서 어느 정도 지켜보는 것이 좋다고 했다. 그래서 주말 아침 일찍 제이를 병원에 맡기고 저녁에 데리러 가 퇴원시키는 일정으로 진행하게 되었다. 그리고 주중에는 매일 아침, 저녁으로 두 번 집에서 약을 먹었다.

림프종 진단을 받기까지 여러 가지 검사를 진행하느라 이미 입원을 너무 자주 해서, 반나절이든 하루든 제이를 병원에 두고 오는 게 참 안쓰러웠다. 마치 이산가족이라도 되는 것처럼, 헤어져서 어디 먼 데라도 가는 것처럼 선생님의 품에 제이를 넘기고 나면 끝내 눈물까지 주르륵 흘렀다. 제이야, 이따가 데리러 올게, 걱정하지 마, 하면서. 그런데 그날은 제이를 맡기고 몇 시간 후에 병원에서 전화가 왔다.

> "제이가 너무 완강하게 치료를 거부해서요. 오늘은 치료를 못하고, 내일 다시 시도해봐야 할 것 같아요."

이게 엄마 마음일까? 유치원에 보낸 아이가 너무 말을 안 듣는다는 통지서를 받은 학부모가 된 것처럼 당혹스러웠다. 선생님, 우리 애는 그럴 애가 아닌데……

항상 내 품에 살포시 안겨 잠드는 순한 제이였다. 심지어 제이는 이동장에 넣으면 계속 울다가도, 꺼내서 품에 안으면 워낙 잘 안겨 있어서 그냥 안고 있을 때도 많았다. 병원에서 대기하고 있으면 사람들이 제이를 보고 어쩜 고양이가 저렇게 강아지 같냐며 놀라며 말을 걸곤 했고, 그럴 때마다 나는 내심 나와 제이가 얼마나 친한지 증명하는 것 같아 으쓱했던 것이다. 치료를 못할 정도로 손길을 거부한다는 게 상상이 안 되면서도 너무 마음이 아팠다. 얼마나 싫었으면……. 앞으로 갈 길이 멀어 걱정스러웠지만, 다행히 하루를 대기 차원에서 입원한 후 그다음 날에는 무사히 치료를 받고 퇴원할 수 있었다. 제이는 매번 내 몸에 무슨 짓을 하는 건지 이해가 되지 않는다는 퉁명스러운 얼굴로 입원실에서 나오곤 했다.

문제는 이제부터 생겼다. 등에 흉관을 꽂고 있는 안쓰러운 모습이 무색할 만큼 항암 치료 첫 주부터 제이의 활력이 되살아난 것이었다. 고양이를 처음 키우기 시작했을 무렵 남편(당시엔 남자친구)이 어쩐지 신이 나서 각종 고양이 용품을 사들인 덕분에 우리 집에는 베란다에도 3단으로 윈도우패드가 달려 있었다. 윈도우패드는 창문에 붙일 수 있는 일종의 해먹인데, 높은 곳과 창밖 구경을 좋아하는 고양이들의 팔자 좋은 뒹굴거림을 위한 아이템이었다. 제이는 침대에서 같이 자다가도 아침이 되면 꼭 윈도우패드로 올라가 일광욕을 하곤 했다. 항암 치료가 시작된 후에도, 어느 정도 컨디션이 회복되었는지 아침이 되면 어김없이 패드로 뛰어올라갔다.

그런데 하루는, 내가 아직 침대 위에서 비비적거리고 있는데 어디서인가 쾅 하는 소리가 났다. 잠이 확 깨어 베란다로 뛰어갔더니 제이가 윈도우패드로 뛰어 오르다가 줄에 걸렸는지, 아니면 발을 헛디뎠는지 두 앞발로 대롱대롱 가장자

건강할 때의 제이

리를 붙잡고 매달려 있었다.

　사실 고양이에게 그 정도는 충분히 뛰어서 오르내릴 수 있는 높이였다. 문제는 등 뒤에 붙여놓은 흉관이 떨어지면서 윈도우패드를 고정시키는 줄에 걸린 것이었다. 만약 흉관이 줄에 걸린 채 제이의 몸통이 바닥으로 떨어졌으면 몸 안에서부터 연결되어 있는 흉관이……. 실제로 흉관을 잡아당기면 빠지는지 어떤지는 모르겠지만 정말 십년감수한 날이었다.

흉관 때문에 마음 졸인 날

이날 내가 집에 있었던 게 얼마나 다행인지 모른다. 제이를 재빨리 안아 올려주고, 이후에는 관이 달랑거리다 어디 걸리지 않게 최대한 꼼꼼하게 붙여주었다. 그리고 이 부위를 아예 덮어줄 수 있도록 바로 제이가 입을 옷을 주문했다. 고양이들이 옷 입는 걸 썩 즐거워하지는 않지만 그런 걸 따질 일이 아니었다.

당시는 제이가 아직 만으로 한 살도 되지 않았을 때였다. 건강하다면 얼마나 놀고 싶고, 우다다 뛰어다닐 시기인가. 뛰어놀다가 혹시 무슨 일이 생길까 봐 집을 비우는 게 불안했고, 활기가 생길수록 입원을 답답해하니 안타까웠다. 하지만 한편으로는 금세 기운을 회복해간다는 뜻인 것 같아 사고치는 것까지도 고마운 게 또 집사의 마음이었다.

△△

아픈 고양이는
처음이라

예전부터 엄마는 갑상선이 안 좋아 병원에 다녔다. "병원에서 뭐래, 괜찮대?" 물어보면 엄마는 매번 괜찮다고 했지만 식탁 위에는 항상 약 봉투가 있었다. 갑상선은 매일 꾸준히 약을 먹으면서 관리해야 한다고 했고, 철딱서니 없는 나는 또 그러려니 했다. 매일 약을 먹는다는 게, 단순히 귀찮은 일이 아니라 매순간 몸의 어딘가가 고장 나 있다는 것을 실감하는 일이라는 걸 그때의 나는 몰랐다.

그리고 몇 년 뒤, 나도 결혼을 하고 내가 키우는 고양이가 림프종 진단을 받고 나서야 친정집의 떨어질 새 없던 약 봉투들이 생각났다. 이제 우리 집에도 사료통 옆에 늘 동물병원 약 봉투 두어 개가 올라가 있다. 약은 하루에 두 번, 아침은 식전이고 저녁은 식후에 먹인다. 종종 배뇨 유도를 위한 약 한 봉지가 추가될 때도 있었다.

제이에게 매일 약을 먹여야 한다는 것에 대해서 처음에는 그다지 큰 부담이 없었다. 사실 제이는 이미 한 번 수술과 약에 대한 경험이 있었다. 많은 고양이들이 거치는 단계, 바로 중성화 수술이었다. 제이는 길에서 지내던 고양이치고 건강한 편이었다. 처음 발견했을 당시에도 길고양이들의 고질병인 귀 진드기도 없었고, 바로 접종을 진행할 수 있을 만큼 건강한 고양이었다. 그 덕분에 얼마 후 별 탈 없이 중성화를 했고, 중성화 후에 며칠 동안은 집에서 병원에서 받아온 항생제를 먹였던 것이다. 새끼손톱만큼 적은 양의 하얀 가루약이었다. 사료를 먹을 때 사료 위에 뿌려주면 제이는 약까지 싹싹 잘 핥아 먹었다. 초보 집사가 알기로도 고양이 목욕과 약 먹이기는 꽤 높은 레벨인 것 같았는데 무슨 고양이가 이렇게 약 먹이기가 쉬운가, 우리 집에 정말 순둥이 고양이가 왔구나, 싶었다.

하지만 왠지 요즘 들어 자주 빗나가던 내 예상은, 어김없이 또 빗나갔다. 예전처럼 사료 위에 가루약을 뿌려주었는데, 소화를 도와주는 아침 약은 그나마 먹더니 정작 저녁에 먹이는 항암 약은 아예 입에도 대지 않는 것이었다. 사실 저녁 약은 내가 봐도 양이 너무 많았다. 사료에 은근슬쩍 섞어주며 별 거 안했으니 걱정 말고 먹어, 하기에는 양심에 가책이 좀 느껴지는 양이었다. 물론 맛도 없을 게 뻔했다.

하루도 안 빼놓고 매일 같은 시간에 약을 챙겨 먹이는 것도 말이 쉽지, 시간 맞추는 것이 은근히 번거로운 일이었다. 야근을 할 때도 있고, 회식을 할 때도 있고, 저녁에 친구를 만나고 싶을 때도 있었다. 나와 남편 중 한 사람이 부득이하게 저녁 시간에 집을 비워야 할 일이 생기면, 한 사람은 꼭 집에 있을 수 있게끔 서로가 스케줄을 조절했다. 그러다 보니 고양이 왕초보자인 남편도 혼자 힘으로 고양이를 돌봐야 할 때가 있어서, 그의 육묘 레벨이 빠르게 올라가게 된 건 뜻밖의 장점이었다고 할 수 있을지도…….

하지만 매일 약을 먹이는 것보다 더 큰 문제는 약을 어떻게 먹이느냐는 것이었다. 알약을 먹이는 것은 왠지 아직 엄두가 안 나고, 가루약을 자연스럽게 먹게 하고 싶은데 좋은 방법이 없을까……. 남편과 나는 매 끼니마다 머리를 모아 아이디어를 짜냈다.

약을 캔에 섞어 주는 것은 기본이고, 말린 닭가슴살을 물에 불려 섞어주기도 하고, 비싸지만 기호성 좋은 고양이 간식 '캣만두'에 섞어주거나, 수프 같은 식감의 말캉한 간식 '츄르'에 섞어 입천장에 묻혀보고(그러다 실수로 손가락을 물리면 피가 철철 나기도), 주먹밥처럼 캔을 뭉쳐 그 안에 약을 슬쩍 넣어보기도 했다. 처음 몇 번은 그게 나름 먹힐 때도 있었다. 하지만 그걸 매일 반복하니 제이도 이제 '먹어도 되는 것'과 '먹기 싫은 것'에 대한 기준이 한층 뚜렷해지는 것이었다. 고양이의 후각이 개 못지않게 뛰어나다더니, 제이는 아무튼 제 밥에 무언가 했다 싶으면 귀신같이 알고 단식투쟁을 했다. 밥을 굶길 수는 없으니 새 그릇에 다시 사료만 담아주면 또 그건 먹었다. 똑똑한 녀석…….

가루약을 남기면 할 수 없이 그걸 다시 모아 물을 약간 타서 액체로 만들어 주사기로 먹이기도 했다. 고양이에게 물약을 먹일 때 쓰는 방법인데, 당연히 제이는 정말 싫어했다. 매 끼니 때마다 제이도 힘들고 우리도 힘들었다. 의사 선생님 말씀은 무조건 잘 들어야 한다는 주의인 나는 동물병원에서 처방해준 약을 제대로 먹이지 못할까 봐 애가 탔다.

결국 인터넷에서 '고양이 알약 먹이는 동영상'을 몇십 개쯤 검색해보고 나서, 그 주에 병원에 갔을 때는 비장하게 말했다. 선생님, 이번 주부터는 알약으로 주세요. 그리고 정말 깜짝 놀랄 만큼, 지금까지 왜 바보처럼 가루약을 먹이려고 노력했나 싶을 만큼, 약 먹이는 게 훨씬 쉬워졌다. 게다가 남는 가루가 없으니 정량만큼 약을 먹였다는 안도감도 있었다. 제이도 약을 챙겨먹는 일상이 처음이겠지만, 나도 아픈 고양이를 돌보는 건 처음이라 너무 서툴렀다. 빨리 더 좋은 방법을 찾았으면 좋았을 텐데……. 나중에 알고 보니 실제로 고양이는 가루약보다 알약을 먹이는 게 훨씬 수월하다고 한다.

싫어하는 고양이 '입을 벌려 알약을 목구멍에 쑥 넣어주는 것이 처음에는 좀 어렵게 느껴질 수도 있지만, 수의사 선생님에게 시범을 보여달라고 하거나 인터넷에서 동영상을 찾아보다 보면 감이 좀 온다. 한 손으로 어금니 안쪽 얼굴을, 다른 손으로 턱을 잡아 손가락으로 최대한 깊숙하게 넣으면 된다. 어떻게든 배워서 익숙해지니 의외로 아주 평화롭게 약을 먹일 수 있게 되었다.

하지만 매일 약을 먹기 시작한 지 몇 개월이 지나니, 보통 내 베개를 같이 베고 자는 제이는 아침에 일어나면 부스럭거리는 약 봉투 소리만 듣고도 침대 밑으로 쏙 숨어버렸다. 방심하고 나오길 기다려서 붙잡아 입 안에 또 알약을 쏙, 넣어주는 게 이제 일상이 됐다. 제이도 막상 약을 먹고 나면 '칫, 또야' 하는 듯한 표정으로 어슬렁어슬렁 몇 발자국 걸어가 태연히 그루밍을 시작하곤 했다.

△△
안심할 수 없는
날들

항암 치료를 시작한 지 얼마 지나지 않아 제이는 급격히 활기를 되찾았다. 이제 막 생후 1년쯤 된 어린 고양이니 한창 에너지를 쏟아낼 시기라는 걸 증명이라도 하듯 제이는 밤만 되면 격렬한 우다다를 시작했다. 몸에 시계라도 달렸나, 어쩜 딱 열두 시만 되면 가만히 있다가도 뜀박질을 시작하는지 참 신기한 노릇이었다. 치료의 효과가 있는 듯해 다행이었지만, 한편으로는 활력을 찾을수록 등에 꽂혀 있는 흉관이 더 걱정이었다. 몸 안에 차오르는 흉수를 마취 없이 뽑기 위해 달아놓은 이 흉관이, 뛰어다니다가 어디 걸리거나 빠질까 봐 나는 노심초사 제이를 눈으로 확인하고 집안을 훑고 다녔다.

봉대를 감아놓는 것만으로는 불안해서 그 부분을 덮어주려고 손재주 좋은 집사 이웃에게 고양이 옷을 주문했더니, 'J'라는 이니셜까지 새겨 예쁜 원피스를 선물로 보내주었다. 강아지와 달리 고양이는 옷 입는 것을 불편해하기 때문에 생애 처음 입는 옷을 낯설어할까 봐 걱정했는데, 의외로 제이는 순순히 옷을 입고 태연하게 잘 걸어 다녔다. 안 그래도 자그마한 몸집에 꽃무늬 원피스를 입혀놓자 소녀처럼 정말 귀여웠다. 예쁘라고 입힌 옷은 아니지만, 옷을 입은 채 내 품에 와서 살포시 안기면 마치 인형 같았다.

그렇게 2, 3일 정도 지났을까? 갑자기 제이가 걷는 모양새가 이상했다. 긴가민가해서 한참 지켜봤는데, 기지개를 펴는 자세처럼 뒷다리를 늘어뜨리고 허리를 낮춘 채 그대로 다리를 질질 끌 듯이 걷는 것이었다. 그러다 또 어떨 때는 잘 걷는 것 같기도 하고, 괜찮은가 싶으면 또 이상한 자세로 걸었다. 작은 신호라도 무시할 수 없다는 것을 이미 뼈저리게 느낀 터라, 걷는 모양을 일단 동영상으로 찍어 수의사 선생님에게 보냈다.

애가 이상하게 걸어요. 그러자 선생님이 묵직한 목소리로 전화를 걸어왔다. 항암 부작용 중 하나로 혈전이라는 게 생길 수도 있는데, 혹시 모르니 일단 병원에 데려와 보라고 했다. 만약 그런 게 생겨서 혈관을 막게 되면 심각한 경우 다리를 잘라야 할 수도 있다는 것이었다. 웬만한 일에는 더 이상 놀라지 않을 것 같았던 나도 순간 더럭 목소리가 커졌다. 뭐라고요? 네에? 덜컥 하는 마음에 바로 제이를 안아들었다.

뒷다리가 차가운지 만져보라고 하셨는데, 그렇지는 않았다. 일단 병원에 가기로 했다.

집에서 제이가 다니는 병원까지는 길이 막히지 않는 시간대를 기준으로 차로는 30분, 대중교통으로 한 시간 정도가 걸렸다. 재택근무를 하고 있어서 병원에 가는 시간에 제약이 없는 편이지만 가는 길이 멀고, 평소엔 남편 차를 타고 다니다가 혼자 버스를 타려니 새삼 이동 스트레스도 염려됐다. 남편이 퇴근한 후에 차를 타고 가면 좋겠지만 다리를 잘라야 할지도 모른다는 둥 너무 충격적인 말을 들으니 마음이 급했다.

이동장에 있는 걸 싫어하는 제이는 버스를 두 번 갈아타고 병원에 가는 동안 '아오오' 하면서 늑대 울음소리를 냈다. 고양이를 싫어하거나 알레르기가 있는 사람들도 있을 텐데, 혹 누가 시비라도 걸어오면 어쩌나 초조한 마음에 이동장을 무릎 위에 올려 계속 눈높이를 맞추고 안고 쓰다듬어 주니 그제야 제이도 조용해졌다. 다행히 길에서나 버스에서나 많은 분들이 오히려 이동장을 들여다보며 귀여워해 주셨다. 병원에 도착해 선생님 앞에 제이를 내려놓았다. 입고 있던 원피스를 벗기고 병원에서 걸어보는데, 어라, 멀쩡하다. 몇 번이나 시도해봐도 이상 없이 잘 걸었다.

천만다행인 한편, 매일 말을 안 듣던 휴대전화가 AS센터에만 가면 갑자기 작동이 잘 되는 것과 비슷한 억울함이 밀려왔다. 병원에서 관찰한 결과, 어디가 아픈 게 아니라 그냥 처음 입어보는 옷이 어색하고 낯설어서 옷에 닿지 않으려고 뒷다리를 쭉 빼다 보니 그렇게 이상한 자세로 걷게 된 것이었다. 웬 호들갑이었나 싶어 어색하게 웃으며 다시 제이와 사이좋게 집으로 돌아왔다. 별일 아니었지만 그때는 정말 가슴이 철렁했지 뭔가. 항암 치료를 하는 내내 우리는 자주, 확실하지 않은 수많은 가능성 앞에 놓였던 것이다.

그리고 정말 다행히도, 매일 흉관에서 뽑아내야 했던 흉수가 며칠이 지나자 더 이상 나오지 않았다. 매일 저녁 집에서 주사기로 흉수를 뽑아냈는데 왠지 잘 뽑히지 않는 것 같아 '설마, 벌써' 하는 마음으로 병원에 갔더니 이제 흉수가 차지 않으니 흉관을 제거해도 되겠다는 것이었다. 항암 치료를 시작한 지 얼마 되지도 않은 시기의 희소식에 나는 한껏 고무되었다. 아직은 이렇다 할 부작용도 없고, 제이는 잘 뛰어다니고, 흉관도 뽑았고. 그렇잖아도 희귀한 형태의 림프종이라고 하니, 오히려 특이하게 금방 회복하는 것 아닌가 기대감이 샘솟았다.

흉관을 제거해 더 이상 뛰어다니다 다치는 것에 대한 염려는 없어졌지만, 몸통 한쪽 털을 다 밀어놓았기 때문에 추울까 봐(당시 2월이었다), 그리고 원피스 입은 모양이 솔직히 귀여워서 일부러 옷을 벗기지 않았다. 차차 걷는 모양도 괜찮아지고 인형처럼 종종종 잘 놀던 제이는, 어느 날 외출하고 돌아오니 알아서 힘차게 옷을 벗어놓은 채 나를 기다리고 있었다.

△△
고양이에게 세상은
너무 소란하다

앞서 언급했듯이 우리 집에서 병원까지는 차로 약 30~40여
분, 대중교통으로는 한 시간이 조금 넘게 걸린다. 길 찾기 검
색에는 그렇게 나오지만, 실제로 버스를 기다리거나 차가 막
히는 시간을 더하면 당연히 훨씬 더 걸린다고 봐야 한다.

처음 신혼집을 구해 이사 왔을 때에는 집 앞에 생긴 지
얼마 안 된 24시 동물병원이 있어서 다행이라고 생각했다. 실
제로 초반에 예방접종이나 심장사상충 예방 정도는 가까운
병원에서 해결했었다. 하지만 그곳에서 제이의 항암 치료를
진행하기에는 어려운 듯했고, 수의사 선생님들의 경력이나
병원이 갖추고 있는 장비를 토대로 다시 병원을 선택해야 했
다. 고양이는 우리나라에서 반려동물로서의 역사가 길지 않
은 탓인지, 모든 병원에서 고양이를 능숙하게 다루는 것은 아
니라는 걸 몇 번의 경험으로 느꼈던 것이다.

고양이는 영역 동물이라 기본적으로 익숙한 공간에서 멀리 벗어나고 싶어 하지 않는다. 따라서 병원을 오가는 것 자체가 상당한 스트레스가 될 수 있어서, 차에만 타면 멀미를 하거나 개구 호흡을 하는 고양이들도 있다. 집에서 거리가 먼 병원을 다니는 것은 그런 점에서 고민스러운 일이었지만 종양 검사 때문에 어쩔 수가 없었고, 다행히 제이는 큰 스트레스 없이 차를 잘 타고 다녀주었다.

다만 이동장에 있는 걸 너무 싫어하고 자꾸 야옹거리며 빠져나오려고 해서, 이동장을 열어주면 내 발밑에 눕거나 아예 뒷자리로 넘어가 편안하게 누워 있었다. 하기야 일주일에 한 번씩 병원을 오가다 보니 차를 타는 것에 익숙해질 수밖에 없기도 했을 것이다. 그러는 동안 털갈이 시기가 되면 차 안에 털이 눈에 보일 정도로 날아다녔고 깔끔한 남편은 다소 괴로워했지만, 그나마 차를 긁어놓지는 않아서 다행이었다.

보통은 주기적으로 매 주말에 남편과 함께 차를 타고 병원에 갔지만, 가끔씩 제이에게 돌발적인 증상이 나타나면 재택근무를 하는 내가 평일이라도 혼자서 제이를 데리고 급히 병원에 가야 하는 일들도 있었다.

제이를 데리고 외출하면, 평소 익숙하던 세상은 갑자기 너무나 시끄러운 곳이 된다. 툭하면 빵빵 클랙슨을 울리는 버스 기사님이나, 돌고래 주파수로 소리를 지르고 뛰어다니는

아이들 앞에서 나는 유난스러운 엄마 심정이 되어 이동장 안에 귀마개라도 넣어주고 싶어진다. 나는 집안에서도 고양이들이 깜짝 놀랄 만한 소음을 안 만들려고 무의식중에 신경 쓰는 편이었다. 나 스스로가 소음에 민감한 탓도 있을 것이다. 집안에 TV를 틀어놓지 않는 것은 물론, 가끔은 노랫소리도 시끄럽게 느껴져 문득 모든 소리를 끄고 완벽히 고요해져야 비로소 마음이 평화로워지곤 했다.

    이런 내 문제인지도 모르겠지만, 보호해야 할 내 고양이를 데리고 이동할 때 나는 세상이 더 크고 거칠게 느껴졌다. 대중교통 안에서 고양이를 싫어하는 사람들에게 혹시나 피해를 끼치지 않을까 걱정되는 건 물론이고, 이동장 안에서 영문 모르고 흔들리고 있을 제이도 걱정됐다. 각종 소리부터 누군가와 부딪치는 것까지, 사소한 것까지도 불안했고 제이보다 내가 더 초조했다. 제이는 길에서 씩씩하게 살아가고 있는 수많은 길고양이들과 똑같은 고양이였지만, 이동장 안에 들어 있다는 이유만으로 나에게는 내 보호와 보살핌이 필요한 여린 아기였다.

이상하게 고양이는 이동장에 들어가면 더 무거워지는 경향이 있어서(가벼운 이동장을 써도 왠지 모르게) 겨우 3킬로그램인 제이를 데리고 다니면서도 근육 없는 팔에 알이 배겼다. 그래도 엄마 마음으로 '버스 두 번 타고 혼자 병원 가기' 미션을 몇 번쯤 잘 해결해냈다. 급한 마음에 비해 다행히 제이에게 나타난 증상도 매번 별게 아니어서 다시 무사히 귀가할 수 있었다.

고양이에게 세상은 너무 시끄럽다. 어쩌면 남편 말대로, 내가 고양이를 너무 과잉보호하는 탓에 그렇게 느껴지는 것일지도 모르겠지만. 힘들다고, 무겁다고 징징거리는 건 세상 최고로 잘 할 수 있는 나지만 제이와 단둘이 세상에 나갈 때만큼은 나도 보호받는 대상이 아니라 보호하는 사람, 강하고 튼튼한 엄마가 된다.

△△

3

언젠가 헤어져야 하는
고양이라도 괜찮아

△△
오진에 대한 책임은
어디에 있나

제이의 항암 치료는 별 부작용 없이 중반에 이르렀고, 우리도 매주 주말에 동물병원을 오가는 생활에 나름 익숙해졌다. 하지만 그쯤, 이번에는 둘째 고양이 아리에게 뜻밖의 문제가 생겼다.

올해 초 제이에게 갑자기 큰 병이 발견되고 나자 아리도 한 번은 건강검진을 받아봐야겠다는 위기감을 느끼고 있기는 했다. CT촬영이든 MRI촬영이든 해봐야 나올 법한, 내가 모르는 병을 어디 숨기고 있는 건 아닌지 실제로 확인을 해봐야 마음이 놓일 것 같았다. 하지만 당장 제이의 병원비가 만만치 않다 보니 아리의 건강검진은 하루 이틀 미룰 수밖에 없었고, 어느 정도 치료가 안정기에 접어들고 나서야 마침내 아리도 병원에 데려가볼 수 있었다. 손으로 만져 진단하는 촉진이라도 간단하게나마 받아보면 안심이 좀 될 것 같았다.

사실 아리는 워낙 잘 뛰놀아서 별로 걱정되는 점이 없었는데 딱 한 가지, 마음에 걸리는 문제가 있었다. 바로 턱에 있는 빨간 여드름 같은 것이었다. 길고양이였던 아리를 처음 데려왔을 때부터 눈에 띄던 것이라 그때도 바로 동네에 있는 병원에 데려갔었다. 동네 병원치고는 크고 깔끔한 24시간 병원이라 제이가 처음 예방접종이나 중성화 수술을 받기도 했던 곳이었다. 아리 턱을 보여주며 물어봤더니 그곳에서는 단순한 여드름이라고 하면서 연고와 소독약을 처방해주었다. 온몸을 다 만질 수 있게 해주는 아리가 이상하게도 턱에 약만 바르려고 하면 질색을 하고 도망치곤 했다. 덕분에 쉽지는 않았지만, 겨우 약을 바르며 얼마간 지켜보기를 반복했다. 하지만 나아지는가 하면 어느 날 다시 빨갛게 상처가 생겨 있어서, 아무래도 문제가 있는 것 같아 다시 그 병원에 갔다.

　　병원에서 이번에는 밥그릇 재질을 바꿔보라고 했다. 플라스틱 밥그릇의 경우에는 균이 번식하기 쉬워 턱의 여드름을 유발할 수 있다는 걸 나도 알고 있었다. 하지만 우리는 스테인리스와 원목 재질의 밥그릇을 쓰고 있어 특별히 걱정하지 않았는데, 청결 문제일 수 있다는 말에 도자기 그릇을 사용해보기도 했다. 이때도 소독약 처방을 받았다. 별거 아니라고 하니 대수롭지 않게 생각했고, 특별히 불편한 기색도 없어 그대로 시간이 흘렀다. 그러다 이번 기회에 제이가 다니는 좀

턱 부근에 빨간 종양이 보인다

더 큰 병원에서 다시 진단을 받아보기로 한 것이다.

매주 병원에 드나드는 제이와 달리, 입양오던 날을 제외하면 차로 긴 거리를 이동해본 적이 없는 아리는 차 안에서 눈이 동그랗게 커져서는 야옹야옹 울었다. 매주 제이만 데리고 어딜 다녀오는지 궁금했을 텐데, 별로 좋은 곳은 아니었단다······. 왠지 우리끼리 공유하던 비밀을 털어놓는 묘한 심정이었다.

병원에 도착해 이러저러하다고 설명을 하니 선생님의 표정이 썩 가볍지가 않았다. 그냥 봐도 단순한 여드름이나 염증 같은 건 일단 아니라고 했다. 여드름처럼 작게 튀어나온 부분을 바늘로 찔러서 정확한 조직 검사를 해보기로 했다. 냐아아아앙 징징 우는 소리를 내는 아리를 어르고 달래서 검사를 해 결과를 기다렸더니 세상에, 종양이라는 것이었다. 제이 때처럼 충격으로 머리가 하얘지기보다는 어이가 없어서 그냥 웃음이 났다.

"혹시, 제이랑 서로 영향을 주고받았다거나······?"

헛웃음이 지나간 뒤에 돌덩이 하나가 덜컥 얹어진 것처럼 묵직해진 마음으로 덜덜 떨며 물어보니 서로 전혀 다른 종류의 종양이기 때문에 그럴 리는 없다고 했다. 역시나 왜 생겼는지는 모르며, 종양이 대개 그렇듯 '그냥' 생기는 거란다. 선생님도 제이와 아리를 번갈아보며 한 집에 두 마리가 다 종양이라니, 하고 탄식했다. 대신 아리의 경우에는 종양의 이름이 즉시 나왔다. 비만세포종. 어디서 많이 들어본 것 같은데, 하고 생각해보니 TV 프로그램 〈1박 2일〉에 나오면서 유명해졌던 그레이트 피레니즈 종의 강아지 상근이가 바로 이 비만세포종으로 무지개다리를 건넜던 것 같았다.

하지만 고양이에게 나타나는 비만세포종은 강아지에게 나타나는 것과 달리 대개는 피부에 생기는 양성으로, 수술을 통해 제거하면 되는 단순 종양이라고 한다. 다만 몸 안에 있는 숨겨진 문제가 표출된 것일 가능성도 있으므로 의심되는 부위의 세포 검사를 해봐야 할 것 같다고 했다. 세포 검사를 하고 2, 3일가량 결과를 기다리는 동안에 또 마음이 복잡했다. 설마, 심각한 것일 리 없다고, 흔치 않은 불치병 같은 게 어떻게 우리 집 고양이들에게만 몰릴 수 있겠느냐고 생각하며 마음을 다스렸고 정말 다행히, 몸 안에는 다른 문제가 없으며 피부 종양만 수술로 제거하면 된다는 결과를 들을 수 있었다.

물론 수의사 선생님이 신이 아니라는 것을 안다. 사람 병원에서도 아직 모르는 것, 어쩔 수 없는 것이 많은데 동물병원이라고 해서 다르겠는가. 그렇지만 동네 병원에서 단순한 여드름으로 치부했던 두 번의 오진에 새삼 분노가 치미는 건 어쩔 수 없었다. 선생님이 경험이 적어 못 알아봤을 수도 있다, 고양이에 익숙하지 않아서 그럴 수도 있다, 과한 검사를 권장하고 싶지 않아서 그랬을 수도 있다. 이해할 수 있는 이유는 많았다. 하지만 혹시나 시간이 지날수록 심각해지고 악화되는 증상이었다면 우리는 귀중한 시간을 날려버린 것이 될 테고, 그 시간은 어떻게도 보상받을 수 없었을 것이다. 그렇다고 병원을 찾아가 화를 낼 수도 없는 노릇이니, 진작 다른 병원에서 소견을 들어보지 않은 내 자신을 탓할 수밖에. 실제로 그 뒤로 나는 직감을 믿게 됐다. 수의사 선생님이 처방을 해줘도 왠지 마뜩치 않으면 다른 선생님을 또 뵈었다. 실제로 그렇게 했을 때 다른 병명이 나오는 일이 제법 있었다.

아무튼 아리에게까지 종양이 발견된 것은 정말이지 가슴이 덜컹한 일이었다. 내가 전생에 무슨 죄라도 지은 걸까? 무엇인진 모르겠지만 반성합니다. 고개를 숙이며 두 고양이에게 더 이상은 별일이 생기지 않기를 진심으로 기도했다.

결과적으로는 수술도 무사히 끝났고, 큰 문제는 아니라고 하여 다행이었다. 수술한 턱 부위에는 털이 나지 않았지만 아리는 곧 말짱하게 활기를 되찾았다. 마음을 쓸어내리며, 가까운 집 앞 그 병원에는 다신 안 가리라 다짐하는 것으로 소심하게 오진에 대한 앙금을 풀었다.

△△
극진한 돌봄을 위한
집사의 상식

고양이는 본능적으로 아픈 곳을 드러내지 않고 숨기는 성향이 있다. 야생에서는 내 몸이 약하다는 것을 적에게 들켜서 좋을 일이 없기 때문이다. 그래서 고양이가 눈에 띄게 기운이 없거나, 입을 벌리고 숨을 쉬거나, 화장실에서 볼일을 보지 못하고 들락거리기만 하는 등 이상 증상이 눈에 띌 정도라면 어딘가 몸이 상당히 안 좋다는 신호라는 걸 집사는 빨리 알아차려야 한다.

아프면 일단 동물병원에 데려가는 것이 가장 좋다. 하지만 익숙한 영역에서 나가는 걸 싫어하고 낯선 곳에서 스트레스를 받는 고양이의 특성상, 최대한 스트레스를 덜 받는 여건의 병원을 선택하는 것은 집사의 몫이다. 꽤 오랫동안 병원을 드나들어야 했던 집사의 주관적인 관점에서, 동물병원을 선택할 때 고려해볼 만한 몇 가지 사항을 추천한다.

1. 병원에 정말 가야 하는가

고양이에게 관심이 없는 사람이라고 해도 좀처럼 고양이가 산책하는 모습은 본 적이 없다는 걸 떠올릴 수 있을 것이다. 고양이는 자신의 영역을 벗어나 낯선 냄새와 낯선 소리가 가득한 공간에 들어서는 것에 대해 본능적으로 거부감을 가지고 있는 동물이다. 그렇다 보니 병원에서 오히려 스트레스로 병을 얻어오는 경우도 있다. 물론 질병이 의심될 때는 병원에 가는 것이 가장 정확하지만, 무리해서 자주 들락거릴 필요는 없다. 가벼운 구토 정도가 걱정된다면 사진이나 동영상을 찍어 병원에 문의하는 것도 방법. 보호자의 정확한 판단이 중요하다.

2. 거리와 비용은 적절한가

고양이를 데리고 병원에 가야 하는 상황이라면, 중요한 것 중 하나가 바로 거리다. 긴 거리를 이동할수록 고양이에게는 스트레스일 수밖에 없기 때문에, 특히 응급 상황이라면 빠르게 도착할 수 있는 병원을 머릿속에 떠올릴 수 있어야 한다. 가까운 24시간 동물병원은 고양이가 건강할 때 미리 눈여겨 봐두는 것이 좋다. 또한 병원마다 진료 비용이 다르니 기본적인 접종이나 검진을 하는 단계에서는 미리 반려동물 커뮤니티에서 사전 조사를 해두거나, 전화로 물어 알아보고 방문한다. 다만 공통적인 접종이나 단순히 며칠간 맡겨두기 위한 문의가 아니라 정말 어디가 아픈 것이라면, 전화만으로는 필요한 검사나 비용에 대한 상담이 어려운 경우가 대부분이다.

3. 고양이를 다루는 일에 익숙한가

최근 반려동물로서 고양이의 인기가 많이 높아진 것도 사실이지만, 아직 우리나라에서 고양이에 대한 진료 수준이 어느 만큼이나 발달했는지는 잘 모르겠다. 분명한 건, 동물병원은 동네마다 수없이 많지만 그 모든 병원이 다 고양이를 다루는 데 익숙하지는 않다는 점이다. 고양이 보호자라면 꼭 고양이 전문 병원에 대한 사전 조사를 해두기를 권장하고 싶다. 낯선 공간에 예민한 고양이를 위해 강아지와 고양이의 대기실이 따로 나뉘어져 있거나, 조용하고 독립적인 공간에서 고양이 진료가 이루어지도록 배려한 병원들도 점점 많이 생기고 있다. 물론 그 병원의 수의학적 실력이 어느 정도인지 보호자 입장에서는 비교하여 판단하기 어렵다. 하지만 고양이를 배려하는 시스템이 독자적으로 갖춰져 있다는 것은, 그만큼 고양이에 대한 이해도가 높은 병원이라고 생각할 수 있는 하나의 근거가 된다.

4. 1차 병원과 2차 병원 중 어디로 갈 것인가

보통 동네에 있는 작은 병원이 대부분 1차 병원이다. 간단한 질병 치료가 가능하지만 심각한 병이라면 2차 병원으로 가보라는 권유를 받을 수 있다. 2차 병원에서는 1차 병원에서의 진료 결과를 토대로 더 정확한 진단이나 수준 높은 치료를 진행한다. 일반적으로는 1차 병원에서 소견을 받아야 2차로 옮길 수 있지만, 응급한 상황일 경우 바로 2차 병원을 가야 한다. MRI나 CT 같은 큰 검사를 즉시 받을 수 있어야 하기 때문이다. 두 가지 역할이 모두 가능한 1.5차 동물병원도 많다.

5. 선생님의 설명은 충분한가

요즘에는 그런 경우가 별로 없지만, 이전에 동물병원에 대한 불신은 대부분 '필요 없는 검사를 과다하게 권한다'는 데서 나왔던 것 같다. 물론 동물은 자신의 몸이 어디가 불편한지 말로 설명해주지 않기 때문에 생각보다 별것 아닌 질병이라도 다양한 검사를 해야 하는 경우가 많다. 각종 검사를 통해 가능한 질병에 대한 확률을 하나하나 줄여가는 식이다. 그렇다면 적어도 보호자가 충분히 그 검사의 필요성과 결과에 대해 납득할 수 있는 설명이 필요하다. 어떤 질병의 가능성이 있는지, 어떤 검사와 치료가 필요한지, 그 경우 예후는 어떤지 등에 대해 '이해하기 쉬운 용어로' 충분히 설명해주는 병원을 선택하자.

우리 둘째 고양이 아리의 오진을 두 번이나 겪었을 때 나는 '어떻게 동물병원에서 이럴 수가!' 하고 무척 화가 났다. 나중에 일 때문에 다른 수의사 선생님을 인터뷰할 기회가 있어 이 이야기를 했더니 '실제로 다뤄본 경험이 없으면 그럴 수 있다'고 하셨다. 이 고양이가 '비만세포종'이라는 걸 알면 치료할 수는 있지만, 그 질병을 자주 접해보지 않은 경우 눈으로만 봤을 때 여드름과 헷갈릴 수 있다는 것이다.

　　그럴 법하다고 이해는 하지만, 고양이의 병원 선택에는 확실히 사전 조사가 필요하다고 다시 한번 생각했다. 반려동물로서 고양이의 인기가 높아진 지가 얼마 되지 않았기 때문일지도 모르겠다. 지금은 점차 고양이에 대해 더 깊게 연구하고 발전하는 곳이 많아지고 있으니, 앞으로 고양이를 잘 다루는 병원도 늘어나지 않을까 생각해본다. 만약 특히 우리 제이처럼 장기적인 치료가 필요한 경우라면 경험 많은 병원을 알아두는 것이 좋을 것 같다. 물론 그런 정보가 전혀 쓸모없는 건강한 묘생을 산다면 가장 좋겠지만…….

　　처음 제이가 림프종 진단을 받고 항암 치료를 시작해야 했을 때, 나에게 병원 선택의 또 다른 기준은 '이 선택을 후회하지 않을 것인가' 하는 것이었다. 다른 병원에 가면 뭔가 다른 진단이나 치료를 권할 수도 있다. 다른 병원의 선생님은 이 희귀한 엑스레이에 대해 뭔가 더 많은 걸 알고 있을 수도 있다······. 그런 가능성에 대해서도 물론 생각해봤다. 이 병원에서 만약 부작용으로 치료가 잘못되거나, 치료가 원활히 진행되지 않고 급박한 상황을 맞이했을 때, 이 병원이나 담당 선생님을 선택한 것에 대해 후회하지 않을지 생각해봐야 했다.

똑같은 치료가 이루어진다고 해도, 선생님이나 병원에 대한 불만이 있다면 '다른 병원을 다녔다면 이런 일은 없었을 텐데'라는 마음이 생길 수도 있는 것이다. 반대로 반려묘가 정말 무지개다리를 건넌다 해도, 선생님과 병원이 최선을 다해줬다고 생각한다면 다른 무언가를 원망하지 않고 받아들일 수도 있다. 만약 더 크고 더 좋은 병원이라도, 그 병원에서 제이에게 할 수 있는 한 신경을 써주지 않았다고 느껴진다면 분명 내가 가지 않은 길에 대한 미련이 남을 것이다.

그런 점에서, 심각한 수술이나 장기 치료가 필요한 경우일수록 병원과의 인간적인 신뢰가 중요하다. 나도 당시 몇몇 병원에 더 자문을 구해보았지만 특별히 이렇다 할 답을 얻을 수가 없었고, 어차피 치료 방법이 분명하지 않은 질병이라면 진심으로 같이 고민하고 힘내주는 선생님을 믿고 따라가야겠다고 생각했다. 하지만 당시에는 제이의 증상이 워낙 갑작스러워 선택의 폭을 넓게 가질 여유가 없기도 했고, 치료를 한참 진행하다 보니 고양이를 다루는 숙련도에 있어서 아쉬움이 생긴 것도 사실이다. 그래서 이후에는 또 다른 병원 후기를 찾아보고, 제이와 비슷한 치료를 한 사례가 있는지도 알아보곤 했다.

반려동물과 함께 생활하고 있다면, 접종이든 구충이든 동물병원은 떼려야 뗄 수 없는 곳이다. 당장은 갈 일이 없어 소원해진다 해도 언젠가는 또 더 좋은 인연을 찾아야 하는 필연적인 관계다. 나 역시 계속 눈을 높여가며 선택의 기준을 업데이트하는 중이다. 고양이의 항암 치료는 집사가 하는 선택의 연속이기 때문에.

△△
언젠가 헤어질 고양이를
치료하는 이유

처음 항암 치료를 위해 매주 병원에 다니기 시작했을 무렵에는 보는 사람들마다 제이를 신기해했다. 그냥 평범한 길고양이 종인데 앞발의 갈색 털 때문에 다른 고양이들과 달라 보이는지, '무슨 품종이에요?' 하고 묻는 사람들도 많았다. 무엇보다 무슨 고양이가 이렇게 강아지처럼 사람 무릎 위에 올라와 있냐며 감탄하곤 했다. 진료실에 들어가도 제이는 별다른 항변 없이 순순히 선생님 손에 안겨 들어갔다. 멋모르고 반항하는 아이보다 일찍 철든 아이가 더 아픈 손가락인 것처럼, 싫다는 소리도 없이 가만히 몸을 맡기는 제이의 모습 탓에 나는 매주 짧은 입원을 시킬 때마다 안타깝고 애틋한 마음을 어쩌지 못했다. 가끔은 여섯 시간 정도 입원시킬 뿐인데 어디에 멀리 떨어지는 것처럼 울컥 눈물이 쏟아지기도 했다. 날 엄마인 줄로 아는 이 착하고 순한 고양이를 혼자 입원시켜야 하다니······. 그런 짧은 좌절이 매 치료 때마다 나를 덮쳤다.

하지만 제이가 고양이답지 않게 얌전히 사람 품속에 꼬옥 안겨 있던 건, 천성이 착해서가 아니라 그저 힘이 없어서 그랬던 것뿐이라는 걸 나중에야 알게 됐다. 항암 치료가 제이의 몸속에 있는 종양 덩어리를 향해 얼마나 열심히 제 할 일을 하고 있는지는 모르겠지만, 제이는 나름대로 사리분별을 할 만한 힘이 생기자 적극적으로 호불호를 표현했다. 평소에는 내 곁에 붙어 골골거리다가도 아침저녁으로 약 먹을 시간, 매주 병원 갈 타이밍이 되면 재빨리 눈치를 채고 침대 밑으로 쏙 숨어버렸다. 제이는 원래 사람이 안으면 힘을 쭉 빼고 흐물흐물해져서는 몸을 맡기는데, 병원에 가려고 제이를 안아 들면 벌써 싫은 소리를 내며 격하게 발버둥을 치기도 했다.

병원에서 '제이가 너무 기운이 넘쳐 내일로 치료를 미뤄야 할 거 같아요'라는 연락이 오는 날도 조금씩 늘었다. 그럴 때면 애가 살 만하구나, 싶으면서도 어차피 해야 할 치료인데 입원이 하루 늘어나게 되는 게 안쓰럽기 그지없었다.

그렇게 치료가 중반에 이르자 처음 시작할 때의 고민은 많이 사라졌다. 저금은 포기했지만 치료비는 어떻게든 메우고 있고, 항암 치료 자체가 사람의 경우처럼 피 말리는 것은 아니라서 제이는 어쨌든 점점 활기를 찾아갔다. 가끔 백혈구 수치가 아슬아슬하긴 했어도 아직은 큰 부작용은 나타나지 않았다. 흉관을 장착하느라 몸통 한쪽 털을 다 밀어버렸던 것도, 봄이 오니 조금씩 보드라운 새 털이 자랐다.

다만 주변에서 '제이는 많이 좋아졌어?'라고 물으면 문득 우리가 처한 상황을 되돌아보게 됐다. 더 나빠진 것도 아니지만 그렇다고 기쁘게 더 좋아졌다고 말할 수도 없었다. 이 길에는 완치가 없었다. 우리는 이 길의 끝을 알고 있었다. 당장은 안개가 끼어 뭐가 얼마나 멀리 있는지 보이지 않지만, 어디쯤엔가 필연적으로 호전 후의 재발이 남아 있는 길이었다.

제이가 점차 평소처럼 지내는 모습을 보면서, 그리고 제이는 좋아지고 있냐는 주변의 안부에 답하면서 나는 점점 알게 된 것 같다. 이 치료가 제이를 다른 평범한 고양이들만큼 건강하게 수명대로 살게 하기 위한 건 아니란 걸 말이다. 아마 모든 항암 치료에 해당하는 건 아니겠지만, 우리에게 이 치료에는 '성공' 같은 완전무결한 마무리는 없었다.

하지만 적어도 25주의 치료를 받는 기간 동안, 그리고 그렇게 유예된 재발까지의 시간 동안, 우리는 1년 혹은 2년 넘는 시간을 더 함께 보낼 기회를 얻었다. 4월령 길고양이였던 제이는 나와 겨우 반년을 함께 지내다가 림프종 진단을 받은 차였다. 그때 제이를 그대로 떠나보냈으면 어땠을까. 너무 짧은 반려 생활과 너무 어린 제이의 묘생에 대해 나는 도무지 미련을 남기지 않을 도리가 없었다. 만약 제이가 이미 나

와 10년 이상 함께한 노령묘였다면, 나는 가끔씩은 제이가 무지개다리를 건너는 날에 대해 상상했을 것이다. 어렴더라도, 제이가 나보다 빨리 늙는다는 사실을 받아들이려고 조금씩은 노력했을 것이다. 하지만 지금은 아니었다. 일러도 한참 일렀다.

처음에 항암 치료에 대해 인터넷을 검색하고 선생님과 상담하는 동안 도저히 이해할 수 없었던 것 중 하나가 '어째서 항암 치료를 해도 1년밖에 못 살아요?' 하는 점이었다. 의학적으로 명확한 설명이 없는 미래에 대해 여전히 의구심은 있다. 하지만 나는 그때부터 지금까지 시간을 들여 천천히 그 사실을 받아들이고 있다. 물론 기적을 바라기도 했고, 지금도 바라고 있다. 이 모든 문장이 무색하게 재발 같은 건 없이, 제이가 한 15년 후에는 능구렁이처럼 능글거리고 장난감을 보고도 심드렁해하는 게으르고 늙은 고양이가 되어 있다면 참 좋겠다. 하지만 기적이 일어나지 않는다고 해도 우리는 항암 치료 덕분에 겨우 얻은 이 시간을 소중히 보내야만 했다. 누군가 '제이는 많이 좋아졌어?'라고 물어보면 좋아졌다고도 나빠졌다고도 대답할 수 없지만, 수많은 이야기를 삼키고 그저 '우린 괜찮아'라고 말할 수 있게 됐다.

준비 못한 이별과 오랫동안 준비한 예고된 이별 사이의 거리는 어느 정도일까. 그건 잘 모르겠지만, 적어도 우리는 함께하는 반짝이는 시간과 이별을 준비하는 단단한 시간을 연장하고 있는 중이다. 그것만으로도 나에게 이 항암 치료는 의미가 있었다.

집사, 난관에
봉착하다

어느덧 19주차 항암 치료를 하러 갔던 날, 제이가 병원 문을 열고 들어서자마자 누구에게랄 것 없이 하악질을 했다. 제이가 내가 보는 앞에서 하악질을 한 건 둘째 고양이 아리를 입양해 집에 데려와 첫 대면한 순간뿐이었다. 그 후로는 합사가 무난히 이루어져 아리에게도 하악질을 한 적이 없었고, 그 전에도 마찬가지였다.

이웃 언니가 이사 때문에 이동장을 빌려가서 처음 쓰는 이동장을 사용했는데, 평소와 다른 냄새 때문에 마음의 준비를 못하고 온 걸까? 지난주에 병원에서 뭐 안 좋은 기억이라도 있었던 걸까? 이전과 달리 병원 문을 열자마자 심하게 짜증을 내는 제이가 마음에 걸렸지만, 일단 치료를 해야 하니 제이를 병원 선생님 손에 맡겼다. 제이는 여전히 기분 나쁘다는 표정을 지으며 입원장으로 안겨 들어갔다.

평소와는 좀 다르다 싶더니, 급기야 다음 날 아침 병원에서 전화가 걸려왔다. 제이가 너무 심하게 치료를 거부해서 치료를 아예 한 주 미뤄야 할 것 같다는 것이었다. 제이를 데리러 병원으로 달려가자 하루 만에 얼마나 스트레스를 받았는지, 손만 대도 털이 폴폴 빠졌다. 가엾은 제이. 평소 차 뒷자리에 느긋하게 누워 있던 회장님 포스는 온데간데없이, 뒷자리 구석에 엎드린 채 개구 호흡까지 하는 것이었다. 워낙 병원을 자주 드나들고 차를 자주 타서 최근엔 굉장히 여유 있게 오갔었는데……. 익숙해졌다고 생각해 마음을 내려놓는 순간, 그리 간단할 리 있느냐며 운명 같은 것이 묵직하게 나를 덮치는 듯했다. 당연했다. 이 작은 고양이에게 병원을 오가고 바늘을 꽂는 일이 스트레스가 아닐 리 없었다. 왜 그걸 충분히 알아주지 못했을까.

집에 와서 살펴보니 예전에 치료 때문에 앞다리 털을 깎아놓은 것이 이제 많이 자라서, 이번에 주사 놓을 뒷다리 쪽에 털을 다시 깎은 모양이었다. 그 부위에 피부가 살짝 빨갛게 드러나 보였다. 털을 너무 바짝 깎아 아팠던 걸까. 제이는 집에 돌아와서 어슬렁거리다 평소처럼 침대 위로 올라갔지만, 뒷다리에 손이 가까워지기만 해도 싫다는 소리를 내며 물려고 했다.

제이의 행동이 달라지면 오만 가지 추측이 머릿속을 오간다. 하루, 이틀 전으로 시간을 돌려 평소와 뭐가 달랐는지, 어디가 잘못됐는지, 무슨 원인이 있어서 예민해졌는지 떠올

려본다. 그 모든 게 이유일 수도 있고 하나도 맞히지 못했을
수도 있다. 이럴 때 정말, 제이에게 직접 물어보고 싶어진다.

제이야, 괜찮아. 그렇게 싫었어? 언니가 있으니까 괜찮아.

옆에 가만히 누워서 속삭이며 쓰다듬어주면, 제이는 거
짓말처럼 사르르 눈을 감고 골골거린다. 다행히 집에 오자 제
이는 금방 안정을 찾아 잘 먹고 잘 놀고, 내 무릎 위에서 잠들
기도 했다. 그 모습을 보며 새삼 또 깨닫는다. 제이가 얼마나

작고, 어리고, 나의 보살핌이 필요한지를.

그나저나 다음 주에는 치료를 잘 받아야 할 텐데. 아무리 싫어도 그 치료 덕분에 지금 이렇게 팔팔하게 고집부릴 수 있는 거야, 알겠니? 다리 네 개를 쭉 펴고 핑크색 젤리를 뿜내며 잠든 제이에게 짐짓 으름장을 놓아봤다. 이제 절반 훨씬 넘게 왔어, 그리고 실제로 많이 건강해졌잖아.

병원에서는 선생님이 점점 제이의 사나움 탓에 치료에 어려움을 호소하셨지만, 막상 집에서의 제이는 자꾸만 아기처럼 굴었다. 내 베개 위로 올라와 동그랗게 말아 누운 몸을 내 뺨에 바싹 붙이고 자는가 하면, 아침에 일어나면 이불 속에서 내 팔을 베개 삼아 곤히 자고 있을 때도 많았다. 덕분에 입속에 들어간 털을 뱉어내는 걸로 하루를 시작해야 했지만, 나를 엄마인 줄 아는 것 같은 제이의 어리광이 내겐 애틋하기만 했다. 이 항암 치료, 끝까지 잘 해낼 수 있을까? 그런 제이를 보고 있으면 자꾸 마음이 약해졌다.

제이의 항암 치료는 1주차부터 18, 19주차까지 확연히 효과를 보이는 것 같다가 이즈음부터 급격히 흐름이 나빠지기 시작했다. 주기적으로 치료를 받고 약을 먹이는 것만으로 어느 정도 되찾은 줄 알았던 일상 위에 어두운 막이 한 층 씌워진 느낌이었다. 앞이 아주 캄캄하지는 않았지만, 답답한 시야에 자꾸만 속이 탔다.

△△
수염이 네 개
남았다

주말마다 집안 청소를 했다. 결혼 전의 나였다면 꼭 일주일에 한 번씩이나 청소를 해야 하나 했겠지만……. 집안에 뭉텅이로 날아다니는 고양이 털은 애써 모르는 척하기가 힘들었다. 청소하기 전에 먼저 두 고양이를 빗질해주곤 했는데, 털갈이가 대충 끝났는지 털 대장 아리는 요새 털이 별로 빠지지 않았다. 그런데 상대적으로 아리에 비해 털 빠짐이 훨씬 덜하던 제이가 오히려 빗을 대는 대로 털 뭉텅이가 죽죽 묻어나왔다.

물론 털 빠짐은 모든 고양이에게 있는 일이지만, 유난히 털이 우수수 빠지는 것을 보니 느낌이 싸했다. 척추 부근도 거무죽죽해 보이는 것 같았다. 찬찬히 살펴보니 척추 라인을 따라 털이 다 빠져서 그 부위는 거의 피부가 드러날 정도였다. 그 면적이 아주 크지는 않았지만, 단순한 털 빠짐이 아니라 탈모가 분명했다. 그렇지 않아도 21주차 항암 치료 이후부터 한 열흘 사이에 제이의 수염이 눈에 띄게 많이 빠지고 있던 중이었다. 남은 수염은 이제 왼쪽에 두 개, 오른쪽에 세 개였다. 수염의 개수가 한눈에 셀 수 있을 정도로 부실해진 것이다.

고양이의 수염은 균형을 잡거나 공간을 가늠할 때 실용적으로 사용하는 것은 물론이고, 뭐랄까, 고양이의 자존심이랄까? 어릴 때 고양이 그림을 그릴 때도 뾰족한 귀와 코 옆의 수염은 꼭 그릴 만큼 고양이의 상징 같은 것인데……. 나는 제이를 볼 때마다 남은 수염 개수를 헤아렸다. 남편의 수염은 하루만 면도를 걸러도 까칠하다고 싫어하면서 고양이 수염을 하나씩 소중하게 세어볼 날이 올 줄이야. 그러는 며칠 사이 오른쪽에 있던 수염 한 개가 더 빠져 어느덧 수염은 네 개밖에 남지 않았다. 아무래도 심각하다는 생각이 들었다. 게다가 이번 주는 움직임도 적어지고 체온도 좀 내려간 듯했다.

식욕부진이나 구토 등 다른 증상은 없었고, 그래서 웬만한 건 심각하게 생각하지 않고 싶었다. 대수롭지 않게, 그냥 당연히 밟아가는 과정인 것처럼 여기려고 했다. 항암 치료를 하면 당연히 부작용이 있을 수 있다고 납득해왔고, 그래도 큰 문제없이 치료가 진행되고 있어서 감사하고 있었다. 하지만 며칠 사이에 털과 수염이 심각하게 빠지는 걸 보니, 지금까지

나름 호전되는 방향으로 흘러왔던 치료에 뭔가 확실히 문제가 생겼다는 느낌이 들었다. 내원하는 날 병원에서 선생님에게 상담하니 일단 이번 주는 항암을 중단하자고 하셨다. 입원없이 다시 제이를 데리고 돌아오는 길이 마냥 좋지만은 않았다. 제이는 병원에 오자마자 집에 가는 게 좀 어리둥절하면서도 좋은지, 갈 때와 달리 이번엔 편안한 자세로 느긋하게 앉아 드라이브를 즐겼다.

수염이 네 개 밖에 남지 않았다

아, 우리 지금 제대로 가고 있는 건가? 치료 기간 내내 수십 번도 넘게 바뀌던 내 마음은 도통 단단해지지 못했다. 조금만 장애물이 있어도 자꾸 물렁하게 흐트러지고 의구심이 삐죽 새어나왔다. 일단 내가 선택한 병원, 수의사 선생님을 믿고 쭉 간다고 생각하면서도 이게 맞게 가고 있는 건가, 선생님이 잘 모르는 건 아닐까, 별게 다 걱정되고 의심됐다. 힘든 치료라는 것, 완치가 없다는 걸 알고 있으면서도 그동안 잘 해온 시간들이 한순간에 모두 못 미더워졌다. 지난주에 약 시간을 몇 번 어긴 탓인가, 혹시 그래서 갑자기 부작용이 생긴 건가, 왜 갑자기 이럴까 속상했다. 벌써 20주 차에 진입했으니 치료도 끝이 보이는 시점인데, 눈에 보이는 부작용 앞에서 지난 노력들은 부스스 빛을 잃었다.

그 주에는 항암 치료를 못 했고 매일 먹는 항암 약도 끊었다. 이번에는 약을 끊은 덕분에 제이의 컨디션이 조금 좋아지는 듯했다. 어떻게 되고 있는 걸까, 마음이 짠해서 제이에게 매일 맛있는 걸 먹였다. 선반 안에 쌓여 있는 캔과 파우치를 아껴서 뭐하나 싶었다. 제이가 가끔 손이나 발목을 깨물어서 남편이 '쓰읍!' 하고 훈계를 하려고 하면 내가 남편에게 입술을 앙 물어보이며 제이를 감쌌다. 어릴 때 아이가 아프면 엄마가 아이를 오냐오냐 버르장머리 없게 키울 수밖에 없는 이유를 좀 알 것 같았다. 사고 치고 물어도 되니까 아프지 말고 건강하게만 자라라, 그런 심정이었다.

다행히 항암 없는 일주일을 보낸 제이는 활기를 좀 되찾는 듯했다. 종양이 나쁜 건지 항암이 나쁜 건지 알 수 없는 시점이 다가오고 있었다.

△△
밥 잘 먹고
건강하게만 자라다오

사람은 일부러 굶어서 다이어트도 하지만, 고양이가 입맛이 없다는 건 보통 일이 아니다. 고양이는 종의 특성상 사나흘만 굶어도 지방간이 생겨 생명이 급격히 위태로워질 수 있다. 어찌 보면 참 예민한 고양이답다. 컨디션이 안 좋으면 이중으로 걱정할 만한 일이 생기는 것이다.

안 그래도 항암 치료 부작용인지 털이 빠지고 수염이 빠지고, 기운이 없어 걱정하고 있었는데 급기야 제이가 밥을 거부하기 시작했다. 아프기 전에는 마치 알람처럼 아침 일곱 시만 되면 밥 달라고 날 깨워대곤 하던 제이였는데, 이제 밥을 줘도 아무 관심 없이 스크래처 위에서 꼬리를 말고 멀뚱멀뚱 누워 있을 뿐이었다.

결국 선반에 넣어놓았던 간식을 하나씩 하나씩 방출하기 시작했다. 원래도 고양이들은 입맛이 까다로워 제 입맛에 맞지 않으면 간식을 줘도 먹지 않는 경우가 많고, 개중에는 집사가 제 입맛에 맞는 캔을 찾을 때까지 몇 개나 따서 버리는지 느긋하게 관람하는 듯 보이는 녀석들도 있다고 한다. 제이는 어릴 때부터 크게 간식을 가리지 않는 편이었는데, 평소라면 99.9퍼센트의 확률로 자다가도 벌떡 일어나 먹으러 왔을 츄르나 캣만두를 꺼내줘도 반응이 없었다.

사흘 정도 지켜봐도 제이는 겨우 먹을 것 앞에서 냄새나 맡다가 한두 번 할짝거릴 뿐이고, 연이어 개봉하는 각종 캔의 향연에 아리만 신이 났다. 두 마리가 자율 급식을 하다 보니 밥이 줄어도 제이인지 아리인지 알 수 없어서 최대한 외출도 하지 않고 제이가 먹는지 안 먹는지 지켜봤다. 제이는 평소 좋아하던 간식을 줘도 그 앞에서 어슬렁거리며 관심만 보일 뿐 이내 밥그릇 앞을 떠났다. 나는 사료와 간식을 종류별로 시도해보고, 살살 달래고 구슬려보고, 온 신경이 곤두서 있었다. 마침내 츄르를 입에 묻혀주는데도 고개를 돌려버리는 모습을 보고 나는 정말 충격을 받아 결국 병원으로 달려갔다.

병원에서도 별다를 게 없었다. 선생님이 간식을 코에 묻혀주자 제이는 코에 묻은 것만 마지못해 핥아먹었다. 식욕촉진제를 처방받아 왔고 항암 치료는 당연히 중단되었다. 그날부터 바로 식욕촉진제를 먹였지만 그러고도 이틀 동안 여전히 밥을 먹지 않았다. 아예 먹기 싫은 것 같기도 했지만 먹고 싶은데 입맛이 돌지 않아 못 먹는다는 느낌도 들었다. 도대체 뭐가 문제인지, 밥을 안 먹는 원인을 알고 싶은데 아무도 그걸 알려주질 않았다. 치료 중 나타나는 부작용에 대해 예상되는 원인은 너무나 많거나, 혹은 없었다.

선생님과 상담 후 병원에 입원시키기로 했다. 이미 너무 오래 굶은 것 같아 그날 밤이라도 안 좋은 소식이 날아올까 봐 불안한 마음으로 하루를 보냈다. 언제 무슨 일이든 일어날 수 있다고 생각하니 별 상상이 다 머릿속을 헤집었다. 이튿날 두근두근 초조한 맘으로 병원에 전화를 걸었더니 선생님은 태연한 목소리로 "이 녀석이 간식만 먹네요" 하는 답변. 그제야 나는 안도했다. 간식이라도 먹는 게 어딘가, 그래도 죽지는 않으려나 보다 하는 생각이 들었다. 염려했던 지방간 검사도 다행히 별 이상이 없다는 결과가 나왔다.

이내 퇴원 허락을 받고 제이를 데리러 갔다. 활발히 먹는 건 아니지만 병원에서 놓아준 사료는 하루 동안 양이 조금 줄었다고 했다. 식욕 부진으로 항암 치료를 거른 덕분인지 집에 온 제이는 오히려 움직임이 늘었다. 마침 이웃이 선물해준 새 스크래처가 도착해 택배 상자를 열자, 새것을 알아본 제이가 바로 그 위로 올라가 몇 번 발톱을 긁었다.

그러더니 거짓말처럼 갑자기 밥그릇 앞으로 직행하고는

사료를 아작아작 먹기 시작하는 것이었다. 그때의 기분은 아마 엄마들이라면 이해하지 않을까? 다른 건 아무것도 안 바랄 테니 밥만 잘 먹어줘도 다행이라고, 이렇게 또 사소한 일상에 감사하는 법을 배운다. 항암 치료는 한 주를 더 걸렸고 그러고 나서야 제이는 드디어 보통의 컨디션으로 돌아와주었다.

△△
고양이에게 대답을
듣고 싶은 날

그 이후로도 제이의 식욕은 들쑥날쑥했다. 제이의 저조한 컨디션이 뜻하는 바는 이제 명확했다. 주말마다 이어지는 항암 치료가 식욕부진의 직접적인 원인이 틀림없었다. 치료를 받고 올 때마다 3일에서 5일가량은 기운이 없고 식욕도 시원치 않은 모습이었다. 일요일에 치료를 하면 수요일까지는 시들시들하게 밥을 거부했다. 목, 금요일쯤 겨우 회복되나 싶다가도 그 다음 주말에 치료를 하고 오면 또 도돌이표처럼 똑같은 상황이 반복되었다. 항암 치료 초반에는 분명 치료를 받고 와야 제이의 컨디션이 좋아졌는데, 이제는 치료를 멈추어야 그나마 활기가 생기는 것이었다. 건강 상태를 그래프로 따지자면 중반 이후까지 점차 상승 곡선을 그리다가 중반 넘어서는 오히려 하강하는 모양새였다.

　25주 차 치료가 거의 끝자락에 이르렀는데 제이의 몸속에서 무슨 일이 일어나고 있기에 이럴까. 치료 막바지에 제이가 주사만 맞고 오면 눈에 보일 만큼 기운이 없어지니 나로서는 너무나 고민스러웠다.

그동안 근본적인 건강은 좀 좋아졌는지 항암 치료를 건너뛸 때는 정말 건강한 고양이처럼 생생하게 날아다니는 제이였다. 그러다가도 치료하고 오면 다시 식욕 없이 축 쳐진 모습을 보는 것이 가장 괴로웠다. 가만히 두면 멀쩡히 살 수 있는 제이를 내가 오히려 고통스럽게 만들고 있는 것 같은 상황이었다. 25주를 채우지 않고 약을 끊으면 무슨 일이 생길까. 왠지 평범한 제이, 건강한 제이의 일상으로 되돌아갈 수 있을 것 같다는 근거 없는 희망이 나를 혼란스럽게 했다. 몸에 좋은 약이 입에 쓴 법이라고 생각해봤지만, 치료 후 오히려 시들시들해지는 모습을 보고 있으면 무슨 일이 날 것만 같았다.

아리는 원래 골격이 큰 품종이라 그런지 제이와 아리가 있으면 확연히 덩치 차이가 났다. 나이로 치면 성장이 다 끝날 때가 됐는데 아직도 3킬로그램대로 몸집이 작고 살이 찌지 않은 제이를 보면 안쓰러웠다. 이 작은 몸으로 항암 치료를 몇 달 동안 견디느라 얼마나 힘들었을까, 제이도 이제 몸이 견딜 수 있는 만큼 견디다 지친 걸까 싶었다.

힘이 넘칠 때는 늘 제이가 먼저 아리에게 시비를 걸며 싸우거나 뛰어다니기 시작하는데, 제이가 얌전하니 두 고양이

가 별로 소란 피울 일이 없어 집안이 몹시 조용했다. 외출을 하고 돌아오면 외출하기 전에 봤던 바로 그 자리에 제이가 아직도 그대로 앉아 있을 때가 많았다. 나는 그 앞에 쪼그리고 앉아 제이를 물끄러미 바라보곤 했다. 등줄기를 따라 천천히 몸을 쓰다듬으면서 제이의 온기를 가늠했다. 제이야……. 언니가 미안해.

이때쯤 한 번은 입원실에 있는 제이를 데리고 퇴원하려고 보호자 대기실에서 기다리고 있는데, 선생님 한 분이 와서 제이를 직접 꺼내줘야 할 것 같다고 했다. 입원실 쪽으로 가

보니 제이가 자기를 꺼내주려고 하는 선생님들에게 이빨을 드러내며 하악질을 하고 있었다. 선생님들이 제이가 사납다고 치료를 힘들어하시는 게 이해가 가는 한편, 한껏 예민해진 제이에게는 제이만의 고충이 있을 것이었다. 내가 다가가서 목덜미를 쓰다듬어주니 하악질을 멈추고 내 손에 안겼다. 제이는 병원에서 자신을 돕고 있다고 생각하지 않았다. 병원 냄새, 좁은 입원실, 주삿바늘, 그 모든 게 제이에게는 몸서리치게 지겨운 과정일 뿐이었다.

> "25주를 꼭 다 채워야 의미가 있는 건가요?"

정확히 24주 차 때였다. 마지막 치료를 앞두고 고민하다 병원에 물었더니 일단은 그렇다고 했지만, 나는 이 정도면 충분한 게 아닐까 하는 고민이 컸다. 물론 이성적으로는 당연히 25주를 깔끔하게 채우고 싶었다. 하지만 20주를 넘어서며 제이가 탈모, 식욕부진이나 활기 문제로 어려움을 겪다 보니 항암 치료 한 번 한 번이 치명적인 무게감으로 와 닿았던 것이다. 실제로 20주 이후부터는 제이가 너무 예민하다든가 식욕이 없다든가 하는 이유로 매주 치료를 진행하지 못하고 건너뛰는 일이 잦았다. 24주 차 이후에도 제이의 컨디션 때문에 25주 차 치료로 넘어가지 못하고 자잘한 문제로 병원을 몇 번씩 오가고 있었다. 제이에게 너무 버거운 상황이 아닐까 생각하면서도 그럼 어째야 하는지 최종적으로는 좀처럼 결심이 서지 않았다. 제이의 등에서는 아직도 털이 벗겨지고 있었다. 제이를 위해 어떤 것이 현명한 방향인지 판단하기 어려웠다.

병원에서 선생님의 소견을 물어보니, 치료는 끝까지 하는 것이 좋긴 하지만 제이가 워낙 격렬하게 치료를 거부하는 문제도 있어 최종적으로는 보호자의 결정에 맡겨야 할 것 같다고 했다. 제이의 치료를 해오면서 듣는 말 중 '보호자의 결정에 맡긴다'는 말이 가장 어려웠다. 보호자에게는 의학적인 판단의 근거가 부족하기에 나의 선택이 최선인지 아닌지 언제나 의심할 수밖에 없다. 다만 의학적 소견 및 우리를 둘러싼 다방면의 요소를 조합하여 결론을 내리는 건 결국 수의사가 아니라 보호자이기에, 정답이 없는 문제를 두고 끊임없이 머리를 쥐어짤 수밖에 없었다.

△△

평범한 나날이
가장 소중하다

치료가 끝나면 어떻게 되는 걸까? 이제 적어도 1년은 걱정 없이 지내다가 1년쯤 후에 건강검진을 받아보면 되는 건가? 그리고 그때는 또 지금 같은 상황이 다시 한 번 반복되는 걸까? 치료가 끝나갈 때쯤 나는 계속 치료 후에 대한 생각을 하고 있었다.

일단 치료가 끝나면 경제적으로는 한숨을 돌리는 셈이었다. 결혼하면서 세웠던 지출 계획이 무너지고, 우리는 제이 치료가 끝나는 달을 기점으로 삼아 새롭게 재정 계획을 세워둔 참이었다. 이제 저금도 하고 좋아하는 여행도 가자, 하면서. 빠듯한 경제생활을 함께해준 남편에 대한 마음의 짐도 이제는 조금 덜 수 있을 것 같았다. 하지만 이후에도 언제 재발할지 모르는 상황이라, 그때를 어떻게 대비해야 하는가에 대한 불안한 마음은 여전히 저 깊은 곳에 머물러 있었다.

그때쯤 병원에서 항암 치료 종료 후의 일정에 대해 설명을 해주었다. 요즘 외국에서는 한 차례의 프로토콜이 끝난 후 간격을 3주에 한 번, 4주에 한 번, 5주에 한 번 식으로 늘려 치료를 이어가는 경우가 많다고 했다. 그 이야기를 듣자 나는 한편으로는 무언가 잡을 지푸라기가 남아 있다는 사실에 안도했고, 다른 한편으로는 이 치료가 끝나는 게 진정한 끝이 아니라고 생각되니 마음이 무거웠다. 나보다 우리 집의 경제적 상황에 더 부담감을 느끼고 있던 남편은, 내가 이를 전해주자 단박에 어두운 표정을 보였다. 이제 긴 치료 일정이 끝났다고 생각했는데 그걸 계속해서 이어간다는 것에 대해서 부담스러워하는 반응이었다.

반복해서 겪어온 이런 상황에 대해 나도 내성이 생겨 서운함을 크게 표현하지는 않았지만, 결국 나 역시 여러 가지 현실적인 부분들을 고려하지 않을 수 없었다. 사실 남편이 제이의 문제에 대해 시간이 흐르면서 충분히 이해하고 함께해줬지만, 애초에 내가 고집한 일이다 보니 그에 대한 약간의 부채감 같은 것도 지울 수 없었다. 나는 제이의 항암 치료가 진행되는 내내 프리랜서인 나의 수입이 남편보다 많거나 적어도 비슷한 수준을 유지해야 한다는 강박에 시달리고 있었다. 그게 제이 병원비의 비율에 큰 영향을 미치는 것은 아니더라도, 그렇게라도 해야 이 치료를 이어나가는 것에 약간의 근거라도 생기는 것 같았다.

꼭 경제적인 문제 때문이 아니더라도, 제이의 몸 상태도 치료 때마다 점점 버티기 힘든 기색이 역력했다. 그렇다 보니 병원에서 슬쩍 내밀어준 이 지푸라기 같은 동아줄을 잡아야 하나 말아야 하나, 머리가 복잡했다.

지금 다니고 있는 병원 외에도 항암 치료 이후에 대한 의견을 들어보고 싶어서, 유명한 2차 동물병원에서 일하시다 최근 개원하셨다는 병원 원장님에게 상담을 청했다. 원장님도 제이의 엑스레이는 처음 보는 것이라고 하면서, 25주 프로토콜이 끝난 후 외국처럼 간격을 두고 치료를 이어가기도 하지만 보통은 프로토콜이 끝나는 것으로 일단 마무리하는 경우가 많다고 조언해주셨다. 이쯤에서는 나도 우리의 현실적인 상황을 받아들여야 할 것 같았고, 제이의 컨디션이 워낙 좋지 않아 결국은 고민하던 마지막 25주 차의 치료도 받지 않고 프로토콜을 종료하기로 했다.

그렇게 거의 8개월에 걸친 제이의 주말 일정이 끝났다. 아침저녁으로 매일 약을 먹는 생활도, 주말에 외출하려고 하면 벌써 눈치를 채고 침대 밑으로 쏜살같이 도망가는 것도(간식 선반을 여는 소리가 들리면 1초 만에 나오긴 하지만), 병원에서의 하루 외박도, 다리의 예쁜 털을 깎고 밀어 넣는 지긋지긋한 주사도……

아직도 제이의 배 속에는 엑스레이에 보였던 그 하얀 덩어리가 여전히 남아 있었지만, 처음보다는 확연히 크기도 작아지고 밀도도 조금 희미해져 보였다. 제이에게도 너무나 힘들고 고통스러운 시간들이었을 텐데, 치료를 시작할 때만 해도 치료를 끝마칠 수 없는 일이 생길지도 모른다는 불안감이 있었는데, 치료가 끝나고 얼마간이 지나자 제이는 이제 겉으로 보기에는 완전히 평범한 고양이 같았다.

일단 치료는 끝났지만 집에서 자주 호흡수를 확인해 보기로 했다. 고양이가 골골송도 부르지 않는 채로 편안하게 누워 있는 상태에서 배가 한 번 오르락내리락 하는 것을 1회로 쳐서, 호흡수는 1분에 20~30회 정도가 보통이다. 호흡수가 그보다 빨라지면 병원에 가야 했다. 만약 정말 그런 일이 생기면, 제이가 또 힘이 없어지고 병원에 데려가 듣고 싶지 않은 진단을 또 듣는다면……. 어떻게 해야 할까? 그런 걸 상상해보면 나는 몇 개월 전으로 돌아가 또 어찌할 바를 모를 것 같았다. 재발할 수 있다는 걸 알고 있어도, 막상 닥치면 또 막막해질 것이다. 이제는 보내줄 수 있다고 생각했다가도, '그래도 차마 어떻게……' 하는 좌절과 미련이 나를 덮쳤다. 긴 시간 동안 이별을 맞이할 준비를 차근차근 해온 셈인데도, 고양이의 암에 대해서 어쩌면 조금도 의연해지지 못했는지도 모르겠다.

하지만 항암 치료를 끝내고 약 3개월이 지나는 동안, 제이는 완전히 평범한 고양이의 생활로 돌아왔다. 정말 부작용 때문이었는지 약을 끊자 수염도 다시 자랐고, 등에서 벗겨지고 있던 털도 보송보송하게 다시 났다. 잘 먹고 잘 놀고 그루밍도 열심히 하는 모습이 이어지니 나 역시 더 이상 조마조마하지 않았고, 심지어 그간 아팠던 시간이 마치 거짓말처럼 오래된 일로 느껴졌다. 제이가 내 손을 핥으면 고양이의 혀 감촉이 까칠까칠 아팠지만, 항암 약을 먹지 않으니 어디든 마음껏 핥도록 내버려두는 작은 일상마저 나를 행복하게 했다.

3개월쯤 지나 병원에서 상담했을 때 짧게는 3개월 만에도 재발될 수 있으니 앞으로 몇 번쯤 CT촬영을 해봐야 할 것이라고 했다. 아마 제이는 종종 건강 상태를 확인하러 병원을 오가긴 하겠지만, 마음 같아서는 더 이상 아무런 일도 없을 것만 같았다. 제이는 밥 먹을 시간이 되면 냥냥 소리를 내며 달려왔고, 화장실에서 나오면 문 앞에서 기다리고 있고, 내가 침대에서 돌아누우면 자기도 내 얼굴 쪽으로 옮겨 가며 누웠다. 그런 의미에서 제이의 항암 치료는 만족스러운 결과를 안고 끝난 셈이었다.

그것은 어쨌든 아직 제이가 떠날 때가 되지 않았다는 뜻일 것이다. 평소처럼 아리에게 다가가 이기지도 못하면서 먼저 퍽 하고 주먹을 날리거나, 아침에 일어나면 내 얼굴에 털을 다 묻히며 어깨를 베고 자고 있거나, 화장실을 치워달라고 냥냥거리며 따라다니는 평범한 일상을 조금 더 누릴 수 있다는 사실이 그저 매 순간 감사하고 소중했다. 원하는 대로 되지 않을 때는 발뒤꿈치를 무는 못된 습관이 있는 고양이지만, 제이에게 나는 평생 약한 엄마일 수밖에 없을 것 같았다. 건강한 제이를 다시 볼 수 있다는 사실만으로도 세상이 따뜻하고 평온해졌다.

일어날지 어떨지 모르는 불안한 미래에 대해서 우리는 좀처럼 이야기하지 않았다. 우리 가족은 이 평범한 시간이 기적처럼 이어지기를 바라고 있었다.

△△
우리는 언젠가 반드시
헤어져야 한다

늦은 밤, 아픈 고양이를 이동장에 넣고 병원에 도착하면 응급 진료 시간이다. 내가 다니는 병원에서는 응급 진료를 받으면 진료비에 3만 원이 더 붙었다. 그러니 급한 일도 아닌데 굳이 응급 시간에 진료를 받으러 오는 보호자는 많지 않았다. 그래서 한밤중의 동물병원은 당연히 낮보다 한산하다.

대신 병원에 깔려 있는 공기는 도리어 묵직하다. 가끔은 수의사 선생님의 모습이 보이지 않고 몇몇 가족들이 대기실에서 초조한 표정으로 기다리고 있다. 그들은 말이 없고 시선은 바닥이나 허공을 의미 없이 맴돈다. 그때마다 나는 무언가를 직감하고 조용히 기다리며 제이가 들어 있는 이동장을 손으로 쓸어보곤 했다. 제이를 달래려는 듯한 손짓으로 내 마음을 토닥이는 셈이었다. 늦은 시간에 병원에 가면 종종 이렇게 다른 가족들의 이별을 맞닥뜨릴 때가 있었다.

그날은 한참 지나서 수의사 선생님과 가족 중 누군가가 진료실에서 조용히 나왔다. 수의사 선생님이 올려놓은 작은 상자에 그 가족이 데려온 아이가 담겨 있는 듯했다. 어수선하게 그 상자를 둘러싸고 선 가족들에게서 "저번까지만 해도 분명히……", "어떻게 이렇게 갑자기……" 하는 울음 섞인 목소리가 간간이 들렸다. 병원에서 내미는 장례식장 명함을 건네받은 그들이 어쩔 줄 모르다가 자리를 떴다.

그런 모습을 볼 때면 전이된 듯한 슬픔과 하릴없는 안도가 동시에 찾아왔다. 그들이 지금 막 발을 내딛은 그 문턱에 제이가 서 있다는 것을 자각하지 않을 수 없었다. 그러나 적어도 지금은 그때가 아니라는 사실에 고요하게 감사했다. 다른 사람의 불행에 나의 평범한 날을 비교하여 고통의 무게를 낮추는 자신을 발견하면 남몰래 죄책감을 느끼기도 했다. 하지만 반려동물과 함께 살아가는 사람이라면 언젠가는 누구나 겪어야 하는 이별의 순간을 앞에 두고, 그 아픔의 총량을 재어 비교하는 것이 무슨 의미가 있을까. 그들은 그들대로, 나는 나대로 이 작은 생명의 고통을 지켜보는 일이 괴로운 것이다. 평소 같으면 제이의 긴급 상황에 소란해진 내 마음과 함께 출렁이던 어둠도 동물병원을 감싼 채 적막하게 가라앉아 있었다. 강아지인지 고양이인지도 보이지 않았지만, 나는 잠시 동안 진심으로 그 아이가 떠나는 길이 따뜻하고 편안하기를 빌

었다. 더불어 남은 가족들의 안녕도 함께 바랐다.

　동물병원에서 반려동물을 마취, 수술할 일이 생길 때마다 보호자는 무시무시한 동의서에 서명을 해야 한다. 혹시 모를 불미스러운 일이 생길 수도 있다는 것을 주지시키고, 위급한 상황에서는 심폐소생술을 하는 데에 동의할 것인지 미리 확인하는 것이다. 위험한 수술이어서가 아니라, 그저 절차상 하는 과정이라는 것을 알면서도 그 동의서에 서명을 하고 나면 수술이 끝나고 아이가 무사히 내 품에 들어올 때까지 마음이 불안했다. 설마 수액을 맞으며 당황하고 있는 그 모습이 우리의 마지막은 아니겠지, 하고 어쩔 수 없이 상상하게 된다.

많은 이들이 평소에는 잊고 지내지만, 이별의 순간은 이토록 어디에나 가까이에 있다. 그때마다 우리가 함께하는 시간이 당연하지는 않다는 것을 새삼 느낀다. 반려동물의 시간이 너무나 빠르고 그 삶이 참으로 여려서 곁에 있는 모든 순간은 귀하고 소중하다. 나 역시 이별에 아주 가까이 다가가봤기 때문에, 우리에게 아직 충분한 시간이 남아 있다는 사실에 매 순간 감사하게 된다.

나는 종종 남편에게 먼 훗날 내가 먼저 세상을 떠날 테니 너는 나보다 더 오래 살았으면 좋겠다고 말했다. 나의 마지막을 지켜봐달라고, 나를 세상에 혼자 남겨두지 말라고 어리광을 부렸다. 남편이 '그렇게 무서운 게 많아서 어떻게 세상을 살아가냐'고 할 정도로 겁이 많고, 개복치처럼 잘 놀라는 나인데도 제이에게는 짐짓 의연해질 수 있었다. 나보다 훨씬 작고 약하니까, 제이를 지켜줄 수 있는 건 나밖에 없으니까. 제이의 긴 항암 치료를 해나가면서 내가 늘 그 옆에 있다는 사실이 유일하게 다행이었다. 제이는 어떻게 생각할지 모르겠지만, 언젠가 제이가 가본 적 없는 먼 길을 떠나는 그날에도 나는 그 곁에 있을 것이기에 제이가 조금은 안심하기를 바랐다. 그리고 이왕이면 그 순간이 제이가 수명만큼의 삶을 모두 살아내고 난 뒤에 아주 늦게 찾아오기를.

△△

동물보다 사람이 우선이라는
그 말

우리는 제이의 항암 치료에 대해서 부모님들께는 아무런 말도 하지 않았다. 낳으라는 아기는 안 낳고 고양이만 키우는 것도 내심 탐탁지 않은데, 고양이 병원비로 그렇게 많은 돈을 쓴다는 사실을 알게 되면 보나마나 혀를 차실 게 뻔했다. 부모님뿐이겠는가. 신혼부부가 고양이를 키운다고 하니 나와 전혀 상관없는 사람들까지도 한마디씩 조언을 빙자한 오지랖을 부리기 일쑤였다.

"어머, 고양이는 개랑 달라서 아기한테 해코지해요."

"고양이한테 너무 빠지면 안 돼요. 아기는 언제 낳으려고요?"

"아기 낳으면 고양이는 어디 줘버리세요."

공기청정기 매니저님이나 에어컨 설치 기사님이 와서 고양이들을 보고 그런 소리를 하면 나는 그냥 말없이 웃었다. 남편과 내가 배 속에 생명을 잉태하고 탄생시키는 데에 고양이의 역할까지 고민해주시는 건 참으로 실례라고, 일일이 친절하게 반박할 생각은 없었다. 그렇게 생각하는 사람은 그렇게 살아가면 된다. 하지만 나는 새로 탄생하는 가족이 기존에 함께하던 동물 가족을 밀어내야 한다고는 생각하지 않았다. 그에 앞서 우리 부부는 애초에 아기를 낳지 않기로 했다. 그 결정은 물론 고양이와는 전혀 상관없는 것이다.

동물보다 사람이 우선이라는 그 말, 모두가 아무런 거리낌 없이 던지는 그 말이 나는 가끔씩 불편하다. 어릴 때 사람이 돼지고기나 소고기를 먹는다는 사실을 의식하고 나서 문득 어른들에게 이런 질문을 했다. "돼지나 소는 왜 세상에 태어났어요?" 몇몇 어른들이 "돼지나 소를 사육하고 유통하여 우리의 식탁까지 오르는 것"이라는 교과서적인 대답을 해주었다. 나는 고개를 가로저었다. "아니, 그게 아니고요. 사람한테 잡아먹히기 위해서 태어난 건 아닐 거 아녜요?" 잡아먹히기 위해서 탄생한 존재가 있다는 것은 이해가 되지 않았지만, 그 이상 납득할 만한 설명은 듣지 못했다. 지금은 나 자신이 왜 태어났는지도 모르기 때문에 그들의 생존 의미까지 헤아리지는 않게 되었지만, 적어도 인간이 다른 생명을 '이렇게 다루어서는' 안 된다는 생각을 하게 됐다. 동물을 먹으면 안 된다는 말이 아니다. 그들이 적어도 돼지답게, 소답게, 생명답게 살 수 있는 환경과 권리는 주어져야 한다는 것이다.

이전에 반려견으로 인한 사고 방지를 위해서 몸의 높이가 40센티미터 이상인 모든 개에게 입마개 착용을 의무화하겠다는 법안이 나왔었다. 산책을 해야 하는 개들에게 입마개가 기본적으로 호흡에 방해가 된다는 건 전혀 고려하지 않은 규칙이었다. 길고양이는 백해무익한 존재이기 때문에 모두 잡아 죽여야 한다고 발언하는 국회의원도 있었다. 길고양이는 사람들이 도로를 깔고 건물을 올리기 전부터 그곳에서 살고 있었다. 인간은 어쩌면 이렇게 온 세상을 인간 중심으로만 생각할까. 생명이라면 누구든 이 땅에서 자연스럽게 살아갈 권리가 있어야 하지 않을까.

많은 사람들이 반발하여 입마개 법안은 철회되었고 길고양이 발언을 한 국회의원에 대한 질책의 청원이 올라오기도 했다. 많은 사람들이 반발하기는 했지만 그들을 옹호하는 의견도 적지 않았고, 거기에는 꼭 이 문장이 따라붙었다.

'사람이랑 동물은 다르지', '동물보다 사람이 우선이지.' 물론 사람과 동물은 다르다. 하지만 그 다름에서 '사람이 우선'이라는 당연한 듯 보이는 명제를 두고 나는 자주 고개를 갸우뚱거렸다. 생명의 서열은 누가 정한 걸까. 우리가 인간이라는 이유만으로 다른 생명을 도구로 여기거나 생존마저 위협할 권리가 있을까? 동물은 사람이 아니라고 해서 쉽게 버리고 학대하고 죽이는 사람들을 사람답다고 할 수 있을까?

우리나라 법에서는 아직도 동물을 일종의 물건, 재산으로 취급하여 다른 사람의 반려동물을 다치게 하거나 죽이면 재산 손괴죄에 의해 처벌을 받는다. 그러다 2018년 개헌이 논의되며 그제야 헌법에 동물 보호를 명시해야 한다는 목소리가 나오게 되었다. 동물을 대할 때 염두에 두어야 할 것은 그들이 사람보다 약하기 때문에 마음껏 휘두를 수 있다는 점이 아니다. 이 세상의 모든 존재가 생명으로서 존중받으며 살아가야 한다는 것이 당연하지 않은가. 우리 부부가 제이와 겪어낸 시간은 누군가가 보기에는 어이없고 한심한 일일 수도 있다. 우리 부모님도 동물을 좋아하지만 한편으로는 '동물은 동물답게 키우고 수명대로 살다 가면 된다'고 생각하는 분들이었으니 말이다. 제이의 이야기를 인터넷에 올렸을 때 고양이를 위해서라도 안락사하는 게 옳지 않느냐고 질책하는 댓글도 본 적이 있다. 무엇이 정답인지는 모른다. 제이는 대답하지

않으니까. 그 생명에 대한 결정권을 지니고 있는 이상, 우리는 그때그때 최선이라고 여겨지는 선택을 할 수밖에 없다.

어쩌면 이기적인 길이었을지도 모른다. 내 힘이 닿지 않았다면 마음이 있어도 할 수 없었을 것이다. 그러나 적어도 그 결정을 고려할 때 종족의 우열을 나누는 항목은 포함되지 않았다. 생명을 살리는 일이라서, 더군다나 가족의 일이라서, 누가 뭐래도 나에게는 후회하지 않을 수 있는 유일한 길이었다.

△△

4

나란히 앉아
창밖 보는 날들

△△

세 시간의
아찔한 가출

아직 창문으로 빛도 새어들기 전인 새벽, 갑자기 남편이 침대에서 일어나서 부스럭거리더니 현관문 닫는 소리가 들렸다. 이 시간에 어디 나가는 건가? 이상한 느낌에 실눈만 슬쩍 떴는데 심상치 않은 목소리로 남편이 말했다.

"현관문이 열려 있었나 봐. 제이는?"

무슨 일인가 하고 정신을 차려보니, 전날 밤에 현관문이 제대로 닫히지 않았던 것이다. 그래서 밤새 문을 밀면 그대로 밀리는 상태였다. 그런 줄 모르고 평소처럼 잠이 들었고, 새벽 다섯 시에 일어나 보니 아리는 여느 때처럼 침대 위에 벌러덩 누워 자고 있었지만 제이가 보이지 않았다.

나에게도 고양이를 잃어버리는 일이 생기다니. 설마, 설마 하는 마음에 일단 집안을 샅샅이 뒤졌다. 제이는 집안 어디에도 없었다. 분명 어젯밤에 자기 직전까지는 내 옆에 있었는데, 새벽에 문을 열고 나간 게 분명한 듯했다. 어떻게 문이 안 닫힌 걸 몰랐을까, 이런 일이 일어났다는 걸 믿을 수가 없었지만 지금은 자책할 시간도 아껴야 했다.

15층까지 있는 복도식 아파트에서 우리 집은 12층이었다. 고양이의 입장에서 천천히 생각해보면, 엘리베이터를 타고 1층까지 내려가 유유히 아파트 밖으로 나갔을 리가 없었다. 계단으로 내려갔다 해도 열두 층을 내려가다가 갑자기 1층에서 멈춰 밖으로 나간다는 것도 이상했다. 어젯밤 우리가 잠들자마자 나갔다고 해도 아직 잃어버린 지 여섯 시간이 채 안 된 셈이니, 멀리 가지는 않았을 거라고 생각하고 우선 아파트 안에서 찾아보기로 했다.

복도에 있는 유모차나 항아리 사이까지 자세히 살피며 한 층씩 찾아다녔지만 새벽의 아파트 복도는 아무런 생명의 기척 없이 고요하기만 했다. 아직 주변이 깜깜해서 휴대전화의 손전등 기능을 켜서 들고 다녔다. 아침이 와서 사람들이 돌아다니기 시작하면 무서워서 더 꽁꽁 숨을까 봐 마음이 조급했다.

혹시나 해서 경비 아저씨께 제이 사진을 보여드리며 이

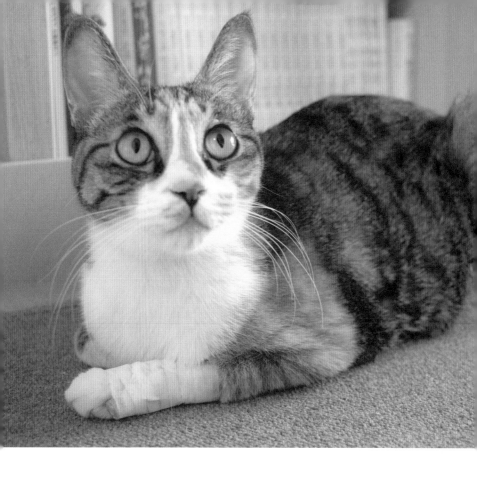

고양이를 못 보셨느냐 물었더니 "여긴 고양이가 너무 많이 다
녀서 몰라요. 지하에도 몇 마리 있고"라며 난색을 보이셨다.
나도 종종 길고양이가 아파트 지하로 내려가는 것을 본 터
라, 아마 다른 길고양이와 같은 공간에 있진 않을 거라고 생
각하면서도 지하까지 내려가 살펴봤지만 제이는 보이지 않
았다.

다른 집으로 들어간 건 아닐까 싶어 사람들이 출근하기 전에 전단지를 붙여놔야겠다는 생각이 들었다. 제이 사진을 크게 뽑아 경비 아저씨에게 허락을 받고 엘리베이터에 붙이고, 혹시 몰라 버스 정류장에도 붙였다. 유기 동물, 실종 동물 애플리케이션인 포인핸드에 실종 신고를 올리고 나니 제이를 잃어버렸다는 사실이 조금씩 실감났다. 그러는 동안 점점 날이 밝아왔다.

출근 시간대에 아무런 연락이 없어서, 혹시 아파트 주민이 제이를 발견했거나 보호하고 있지 않을까, 하는 희망이 다소 사그라졌다. 아파트 근처 화단을 중심으로 다시 제이를 찾기 시작했지만 아무리 뒤져도 없었다. 당황하면 이도저도 안 될 것 같아 울컥 올라오는 울음을 삼키고, 지푸라기 잡는 심정으로 일명 '고양이 탐정'에게까지 연락을 했다. 고양이 탐정은 잃어버린 고양이를 찾아주는 일을 하는 사람들인데, 사람이 하는 일이라 100퍼센트 성공한다고는 할 수 없지만 그래도 도움을 받아 찾았다는 사람들도 꽤 있었다. 비용이 저렴하진 않지만 아직 시간이 오래 지체되지 않았으니, 뭐라도 도움을 받으면 높은 확률로 제이를 찾을 수 있을 것 같았다. 더구나 제이가 건강한 고양이가 아니기 때문에, 더 시간이 지나기 전에 무엇이든 해야 한다는 조급함도 컸다.

인터넷에서 탐정 한 분에게 전화를 걸었더니 바로 와주

신다고 하며 몇 가지를 물어보셨다. 몇 살이고 성별은 무엇인지, 몇 시쯤 아이가 나갔는지, 주거 환경이 어떤지, 어디어디 찾아봤는지, 평소 아이 성격이 어떤지 등을 대답하자 우리 집 같은 복도식 아파트라면 더 찾기가 쉽다고 단언하셨다. 거의 100퍼센트 찾을 수 있으니 너무 걱정하지 말라고, 그 말을 들으니 괜히 마음이 놓여 눈물이 쏟아질 것 같았다.

"보통 12층에서 잃어버린 고양이가 아파트 밖으로 나갈 수도 있을까요?"

"그럴 확률은 별로 없죠. 아파트 안에 있을 가능성이 높아요."

"다 찾아봤는데……."

일단 탐정님이 금방 출발해주시기로 하고, 아파트 단지 주변을 맴돌고 있던 나는 혹시나 하는 마음에 다시 아파트 15층으로 올라갔다. 남편과 함께 세 번은 오르내렸던 것 같지만, 어쨌든 탐정님 말을 들어봐도 지금은 아파트 내부가 제일 가능성이 높을 것 같았다.

비상계단으로 뱅글뱅글 돌아 내려오던 나는 사실 정신이 반쯤 나간 상태로 몸과 눈만 열심히 움직이고 있는 상태였는데, 정말 믿을 수 없게도 9층 계단에서 식빵 굽는 자세로 가만히 누워 있는 제이를 발견했다. 어디 숨어 있지도 않고 그냥 계단 한쪽에 덩그러니 앉아 있던 제이는 내가 '제이야' 하고 부르자 까맣게 커진 눈으로 나를 물끄러미 올려다봤다.

대개 가출한 고양이들은 극도의 긴장 상태라 집사가 다가와도 도망가거나 숨는 경우가 많다고 한다. 스스로도 '멘붕' 상태이기 때문에 '여긴 어디? 나는 누구?' 하면서 겁에 질려 있다는 것이다. 다행히 제이는 내가 담요로 감싸 안자 가만히 내 품에 안겼다. 밤새 내가 오기를 기다리고 있었을 텐데……. 다행이면서도 미안한 마음이 울컥 몰려와 집에 와서도 제이를 금방 내려놓지 못했다.

탐정님에게 다시 연락을 해 고양이를 찾았다고 말씀드리자 자기 일처럼 축하하며 기뻐해주셨다. 무엇보다도 '꼭 찾을 수 있다'고 확신을 주셨던 것이 내게 가장 큰 도움이 된 셈이었다. 붙였던 전단지도 다시 떼고, 경비 아저씨에게도 고양이를 찾았다고 알려드리고, 포인핸드 실종 신고도 내리고……. 다행히 제이의 가출은 약 아홉 시간 만에 마무리되었다.

우리 집이 고양이를 잃어버릴 수 있는 환경이라고는 전

혀 생각지도 못했는데, '우리 고양이는 절대'라고 단언할 수는 없다는 것을 이렇게 또 배웠다. 그래도 그 시간이 지나 '그런 일이 있었다'고 과거형으로 말할 수 있는 게 얼마나 다행인지. 앞으로 문단속에 소홀할 일은 절대 없을 것 같다. 잠시나마 제이를 영영 잃어버릴지도 모른다고 생각했던 아찔한 감각이 몸에 부스러기처럼 남아 있는 탓에, 나는 한참 후까지 문득문득 가슴을 쓸어내려야 했다.

△△
어쩌면 안녕을 준비해야
할지도 모른다

제이의 가출 사건이 다행히 하나의 해프닝으로 마무리되었다고 생각했는데, 진짜 문제는 그때부터였다. 처음에는 놀라서 그렇다고 생각했는데, 하루가 지나도 제이의 호흡이 심상치 않았다. 평온했던 호흡이 눈에 보이게 빨라져 있었다. 숨 쉬는 게 힘드니 밥도 먹지 않았다. 마치 항암 치료를 시작하기 전, 처음 병원에 갔던 무렵처럼.

울렁거리는 마음을 부여잡고 6개월 만에 다시 동물병원으로 향했다. 보통은 기존에 다니던 병원을 이어서 가겠지만, 집에서 더 가깝고 고양이 전문 선생님이 계시다는 병원으로 옮기려던 참이라 기존의 진료 기록을 USB에 담아 갔다. 선생님은 제이의 항암 치료 기록을 신중하게 보시고는, 가출 때문에 놀라서 그런 것일 수도 있지만 재발 요인은 다양하다고 설명해주셨다. 여전히 제이 몸속에 있는 하얀 덩어리에는 고개를 갸웃하셨지만 일단은 호흡이 어려우니 당장 필요한 처치를 해야 했다.

검사를 해보니 예전처럼 몸속에 흉수가 차서 숨을 쉬기 힘들게 만들고 있었다. 문제는 흉수 말고 심장 주변에도 심낭수가 찼다는 것이었다. 즉 제이는 지금 심장병 환자라고도 할 수 있는 상태라고 했다. 엎친 데 덮쳤다는 건가? 이게 무슨 일인지 몰라 당황스러웠다. 어쨌든 심낭수를 빼야 하는데 심장 주변을 종양이 막고 있어서 바늘이 들어가려면 마취를 해야 할 것 같단다. 그런데 지금 심장과 호흡이 안 좋은 제이는 마취를 하기에는 또 너무 위험한 상황이었다. 게다가 무슨 주사를 맞으려고 하는데도 그동안 주사를 너무 많이 맞은 탓인지 혈관이 너무 얇고 잘 잡히지 않는다고 했다.

무엇이 안 되고 어렵고 힘들다는 수식어들과 함께 제이의 상태에 대한 설명이 하나씩 쌓이는 걸 듣고 있으니 말 그대로 총체적 난국이었다. 겁이 덜컥 나서 일단 마취 없이 흉수만 빼고 다음 날 제이가 조금 진정되면 다시 심낭수 제거를 시도해보기로 했다.

정말 다행히, 다시 병원에 갔을 때는 제이도 흥분이 덜한 상태라 마취 없이 주사기를 꽂아 무사히 심낭수를 제거할 수 있었다. 그제야 제이의 호흡이 조금 안정되었다. 일단 큰 산은 넘긴 것이다. 이때는 정말 하루, 이틀 사이에 갑자기 무슨 일이 날 수도 있을 것 같아 뭐가 뭔지 정신이 없었다. 일단 응급 조치가 끝나고 나니 그제야 나도 조금은 침착하게 앞으로의 일에 대해서 생각할 수 있었다.

원장님이 이후 치료 방향에 대해 차근차근 상담해주셨다. 어려운 전문용어는 다시 한번 여쭤보며 신중하게 설명을 들었다. 예전처럼 주사로 프로토콜을 진행할 수도 있지만, 같은 약은 의미가 없기 때문에 선생님은 6주에 한 번씩 항암 약을 먹여보는 방법을 추천해주셨다. 그 사이에는 항암을 보조해주는 약을 매일 먹어야 했지만, 경제적으로든 일정상으로든 부담이 적은 방법이었다.

다만 이전 항암 치료 때 그랬듯이, 효과는 있을 수도 있고 없을 수도 있었다. 효과가 없으면 또 흉수나 심낭수가 차오를 수 있다. 그때는 정말 제이에게 힘든 하루하루가 될 것이었다. 일단 약을 먹여보고 상태를 본 뒤 계속할 것인지 아니면 다른 방법으로 선회할 것인지 결정하기로 했다.

가출 때문에 놀라서 진정되는 동안에만 잠시 증상이 나타나는 것이길 바랐는데, 상황이 안 좋아지는 것 같아 마음이 무거웠다. 하지만 그래도 한 번 겪어본 일이라, 그리고 항상 마음 한쪽에서는 준비하고 있던 일이니 최대한 이 상황에 감정적으로 몰입하지 않으려고 애썼다. 예상했던 순간이 기어코 온 것이다. 지난번 항암 치료와 달리, 부수적인 문제보

다 어쩌면 제이와의 이별을 받아들일 때가 되었는지도 모르
겠다는 예감이 나를 조금은 체념하게 했다. 이 시점에서의 내
역할은 안절부절못하고 무너져버리는 것이 아니라 제이를 위
해 마지막으로 할 수 있는 일에 대해 차분하게 생각해보는 것
이리라.

△△
마음의 준비는
하고 계시죠?

이번 치료는 이전의 것과는 의미가 조금 다르다는 걸 나는 나름대로 이해하고 받아들이고 있었다. 병원에서도 적극적인 완치 치료를 하기는 어려우니 굳이 입원하기보다 호스피스 개념으로 관리하는 것을 추천해주셨다. 이번에는 나도 '어떻게든 제발 살려주세요'라고 매달리기보다는 우리 앞에 어떤 선택지가 있는지 살펴보고, 최대한 좋은 방법을 선택하는 방향으로 침착하게 받아들이려고 노력했다. '올 것이 왔다'는 걸 알고 있기 때문이었다. 가능한 한 담담하게 이것저것 질문하는 나에게 선생님이 조심스럽게 물었다.

"마음의 준비는…… 하고 계시죠?"

이전에 항암 치료를 할 때부터 들었던 이야기였다. 나름대로 마음의 준비를 하고 있다고 생각했는데, 이 질문이 마치 일종의 확인 사살처럼 들렸다. 답이 있다면 선생님께 묻고 싶었다. 선생님, 마음의 준비는 도대체 어떻게 하는 건가요? 몇십 번을 생각해도 마음의 준비는 완벽해질 수 없는 모양이었다. 긴 시간을 거쳐 받아들이고 있었던 것 같은데, 마음을 단단히 부여잡고 있다가도 문득 힘이 풀려 놓아버리면 언제든 모든 게 와르르 무너져 내릴 듯했다. 내 최초의 고양이, 내가 세상에서 제일 사랑하는 고양이를 떠나보낸다는 것은 상상이 그 언저리에 닿기만 해도 못 견디게 가슴이 아팠다.

반려동물을 떠나보낸 후 많은 사람들이 겪는다는 펫로스 증후군, 때로는 일상생활이 힘들 정도로 격렬하게 찾아온다는 그 시기가 나에게도 올까. 이제는 그 순간을 준비하며 미리 마음을 단단하게 만들어야 하는지도 모른다. 나름대로 이성적인 편이라고 자부했기에 나는 세상 섭리를 받아들일 수 있을 줄 알았는데, 제이에게는 통 이성이 작용하지를 않았다.

이별에 대한 예감 앞에서 그럼 우리는 무엇을 할 수 있을까? 내 경험상, 시간밖에는 답이 없었다. 그 순간의 아픔을 줄일 수 있는 처방은 아무것도 없다. 그저 시간이 지나 무뎌지기를 바라는 수밖에. 적어도 지난 치료를 거치며 이별을 준비할 수 있는 시간을 이만큼 벌어놨다고 생각했는데, 아직도 제

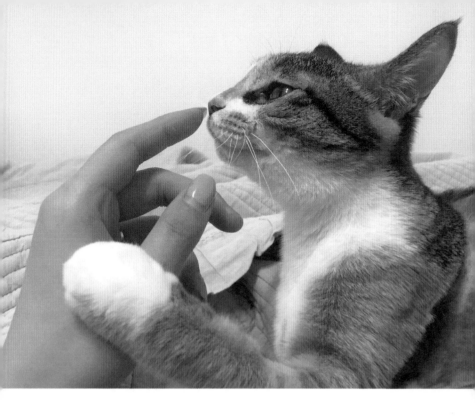

이는 너무 어렸다. 아무리 길어도 모자란 날들 중에서도 그 마지막 날…… 그 순간에 가까워지는 것이 아프고 슬픈 것은 어쩔 수 없었다.

　그냥 마지막까지 제이가 최대한 안 아프게 해달라고, 할 수 있는 걸 해달라고 말하면서 기어코 눈물이 터져 나왔다. 선생님은 제이가 지난 치료로 이미 3~4년쯤 더 산 것이나 마찬가지라고 위로해주셨다. 그 시간이 제이에게는 어떤 의미였을까. 그래도 이번에는 그 말이 조금은 위로가 되었다.

병원을 나오면서 남편도 말없이 나를 토닥였다. 제이의 항암 치료를 처음 결정할 때 남편과 의견 차이로 갈등을 겪은 바 있었지만, 이번에는 더 상황이 긴박하다 보니 남편과 이렇다 저렇다 이야기할 겨를도 없이 모든 과정이 눈 깜박할 새 지나가버렸다. 병원비를 결제한 카드를 만지작거리며 반쯤은 진심으로, 반쯤은 그래도 찜찜한 마음으로 '미안해'를 내뱉었다. 하지만 그는 '뭐가 미안해?' 하며 대수롭지 않게 상황을 받아들여주었다. 적어도 그가 제이의 일로 한숨을 쉬지 않는다는 것이 이번에는 전적으로 고마웠다.

　　어쨌든 지난번 치료가 제이와의 시간을 연장하는 것이 목표였다면, 이번에는 제이가 너무 힘들게 버티다 가지 않게, 최대한 편안하게 지내다가 떠날 수 있게 도와주는 것이 궁극적인 목표였다. 아무튼 상황적으로는 그랬다. 다만 내가 먼저 제이를 지레 포기해버리면 안 될 것 같아서, 나는 또 기적에 기대어 제이가 건강해지기를 빌어보기로 했다. 방법을 알 수 없는 마음의 준비는 그냥 잠시 미뤄두었다.

△△
기적 같은 날들은
있다

나는 매사에 기대하지 않는 습관이 있다. '일어날지도 모르는 좋은 일'이나 '일어날 가능성이 아주 높은 좋은 일'을 기대하며 미리 설레발을 치다가 일이 잘 풀리지 않았을 때 돌아오는 실망감을 겪는 게 지독히 싫기 때문이다. 좋은 일은 일어나지 않을지도 모른다고 생각하고, 나쁜 일은 일어날지도 모른다고 생각하는 것이 내가 미래를 대하는 기본적인 자세였다.

병원에서 '마음의 준비는 하고 계시죠?' 하는 소리까지 들은 이상 제이에 대한 희망을 조금씩 내려놓는 것이 내가 할 수 있는 최선의 마음의 준비였을 것이다. 현실을 받아들이고, 최악의 사태를 예상하여 충격의 여파를 줄여나가는 것. 하지만 대개 우리가 예상하는 최악의 상황은 실제로 빈번하게 일어나지는 않는다. 바로 그 때문에 '생각했던 것보다는 괜찮아'라는 위안을 얻기 위해 최악을 떠올리는 것이고 말이다. 그리고 제이의 기적은 바로 그 시점부터 일어나기 시작했다.

비관적이었던 예상과 달리, 제이는 첫 번째 항암 약을 먹고 나자 2~3일 뒤부터 다시 밥을 먹기 시작했다. 고양이가 아파서 밥을 먹지 않으면 그게 하루 온종일 마음 한구석에 까슬까슬한 피부 각질처럼 매달려 있게 된다. 다 큰 딸한테 항상 밥은 먹었니, 반찬은 있니, 물어보는 엄마의 마음을 나는 충분히 이해할 수 있게 되었다.

일찍 일어나 출근 준비를 하던 남편이 자고 있던 나에게 조르르 달려와 제이가 사료를 먹고 있다는 소식을 알려줬다. 나는 벌떡 일어나 그 광경을 구경하러 나갔다. 서로 집을 비울 때마다 제이가 밥이나 간식을 먹으면 사진을 찍어 보내며 우리는 제이의 식욕이 돌아온 것을 축하했다. 제이의 몸 상태가 좋아졌다는 걸 확인할 수 있는 가장 직접적인 증거였다.

그리고 며칠 뒤에 병원에서 엑스레이를 찍어봐도 흉수나 심낭수는 다시 생기지 않고 있었다. 종양인지 뭔지 모를 그 하얀 덩어리는 크기가 작아지긴 했지만 여전히 선명하게 보였다. 하지만 물이 차지 않는 것만으로도 좋은 징조였다. 일단은 다시 피부에 주삿바늘을 찔러 넣을 필요가 없었다.

평화롭게 6주가 지난 후, 두 번째 항암 약을 받으러 가서 검사를 해봤을 때 선생님은 수치도 모두 정상에, 엑스레이도 종양 부위 외에는 완전히 깨끗한 상태라며 놀라셨다. 신기할 만큼 약 효과가 좋은 셈이었다. 병원에서 몇 가지 주사를 맞는 동안에 제이는 자꾸 진료대에서 내 무릎 위로 내려와 안기려고 했다. 마치 내가 이 나쁜 사람들(선생님, 죄송합니다) 사이에서 자신을 지켜줄 수 있는 유일한 보호막이라는 것처럼.

우리는 결국 세 번째까지만 약을 먹인 뒤에 항암 약을 끊기로 했다. 약 먹을 때가 다가와도, 항암 약을 먹어도 특별히 식욕이 떨어지거나 활기가 줄어드는 기색도 없이 제이는 괜찮았다. 작년에 처음으로 병원에 갔던 날부터 세어보면 적어도 그때 예상했던 수명을 거뜬히 넘기고 있었다. '혹시 모르는데' 하고 불안해하면서도, 충분히 건강해 보이는 상태라 조심스레 '항암이 필요하지 않은 상태'는 아닐까 하고 예측해보게 된 것이다. 의학적 근거는 없었다. 올바른 선택인지는 판단할 수 없었지만 기적에 기대어 우리를 믿어보기로 했다.

그 뒤로 1년쯤 시간이 더 흘렀고, 그동안 제이는 아파서 미처 성장을 다 못했다는 듯 몸집이 조금 더 자랐다. 잘 먹고, 잘 뛰고, 하고 싶은 말이 있으면 야옹야옹 예쁜 목소리를 낸다. 요즘 다른 고양이 일로 병원에 가면 보는 선생님마다 "제이는요?" 하고 묻는다. 제이가 살아 있는 건 기적이라고, 암이

틀림없는데 어떻게 그럴 수 있는지 모르겠다고. 제이가 특별한 걸까? 제이의 병이 특이한 걸까? 이유가 있든지 없든지 중요하지 않았다. 나는 희망이 자꾸만 새싹처럼 솟아서, 아무래도 슬픔에 쓰는 예방약은 영영 찾지 못할 것 같다.

△△

고양이를 싫어하던
당신의 변화

제이가 보통의 일상을 되찾아가는 와중에 우리 집의 또 다른 큰 변화는 역시 남편이었다. 처음엔 고양이에게 '손!'을 가르치겠다고 우기던 남편은 이제 박스만 보면 무턱대고 뛰어들거나 소파에 발톱을 세우고 스크래치를 하는 고양이들을 보며 "그래, 넌 고양이니까……"라고 체념하는 어엿한 집사가 되었다. 어릴 때는 그렇게 제이를 가르치고 혼내려고 하더니, 이젠 제이를 보며 '그 고양이가 이렇게 건강해졌다'고 감개무량해하는 기색도 있었다. 고양이가 또 아프면 어떡해? 내가 불쑥 물어보면 그는 '당연히 치료해야지, 뭘' 하면서 예전을 떠올리는 듯 머쓱하게 고개를 흔들기도 했다.

"그땐 내가 초반에 너무 고난이도 미션을 겪어서 그래."

몇 년 전 제이가 처음 왔을 때만 해도 고양이를 마치 외계인 보듯 어색해했던 그가 최근에는 아리에 이어 셋째 고양이를 입양하자고 나를 조르기에 이르렀으니 말 다한 셈이다. 제이의 치료가 마무리되고 두 고양이와 함께하는 우리의 일상에 충분한 평화가 내려앉자 그는 우리의 힘들었던 지난 시간을 다 잊어버린 것처럼 언제부턴가 자꾸 메시지로 낯선 고양이들의 사진을 보내오기 시작했다. 물음표로 대응하자 그는 "그냥 예뻐서"라고, '오다가 주운 사진'인 척하며 딴청을 피웠다. 하지만 내가 덥석 미끼를 물길 바라는 대형견처럼, 보이지 않는 꼬리를 파닥거리는 것이 내 눈에는 보였다.

　셋째를 입양하고 싶다는 무언의 기운을 강렬하게 풍기는 그의 설레발을 일단 말렸다. 우선 언제 또 제이에게 돈이 왕창 들지 몰랐다. 제이가 아니라도 아리가 아프면 또 어찌할 것인가. 한 마리에서 두 마리가 되는 것은 어렵지 않았지만, 두 마리에서 세 마리가 되는 것은 느낌이 조금 달랐다. 두 사람이 키우는 고양이는 두 마리면 충분했다. 게다가 혹시 지진이라도 나면 한 사람이 한 마리씩 들고 달려야 할 거 아니야.

　우리 집에서 애묘인을 맡고 있는 내가 좀처럼 동의하지 않자 그는 다소 시무룩해지는가 싶었지만, 그새 마음에 점찍어둔 아이가 있는지 그 후로는 고양이 사진이 한 마리로 압축

되었다. 애초에 그의 세계에 고양이를 반 강제로 들이민 것은 분명히 나였는데, 어쩌다 이렇게 입장이 뒤바뀐 것인지 알다가도 모를 일이었다.

우리가 세 마리를 키울 수 있겠냐고, 세 마리가 동시에 아프면 어떡할 거냐고 최악의 가정을 던지자 그는 '내 용돈 줄여서 보탤게' 하는 초강수를 두었다. 규모가 상당히 소소한 우리 용돈에서 보태봤자 별 보탬은 안 되겠지만, 그렇게까지 말하는 의지에 나도 결국 수긍하고 말았다. 제일 중요한 건 어쨌든 한 생명을 충분히 잘, 건강하고 행복하게 키우겠다는 우리의 단단한 결심이니까.

한편으로는 그 고양이가 9월에 입양처를 구하는 글이 올라온 이후 5개월이 지났는데도 입양이 되지 않은 유기묘라는 것도 내 마음을 움직였다. 예전부터 셋째를 들인다면 예쁜 아기 품종묘를 키우고 싶다고 했던 남편이 서슴없이 보호소에서 지내고 있는 고양이를 입양할 마음을 먹게 된 것이다. 그 변화가 신기했고, 고마웠다.

일단 아이를 만나보기로 하고, 며칠 뒤 일산의 인적 드문 길을 구불구불 들어가 한 보호소에 도착했다. 80여 마리의 유기견들이 사람을 반기는 견사를 지나 가장 안쪽에 있는 묘사에 들어가자 사진으로만 봤던 그 크림색 고양이가 있었다. 모색 때문에 붙은 이름이 분명한 '크림이'는 어릴 때 구조되어

벌써 몇 년 동안 보호소에 머물고 있다고 했다. 몇 년 동안 봉
사자들이 오면 제일 먼저 문 앞으로 달려 나와 반겨주고, 빗
질을 하든 손톱을 깎든 싫은 소리 한 번 않고 몸을 맡기는 순
둥이라고 했다. 하지만 이날은 낯선 사람들이 온 탓인지 의자
밑으로 들어가 좀처럼 나오려고 하지 않았다.

언뜻 봤을 때 느낌으로는 예쁜 얼굴이라기보다 조금 억울해 보이고 퉁명스러운 얼굴이었다. 구내염으로 발치하여 이빨은 몇 개 남지 않았고, 살이 찐 건지 털이 찐 건지 모를 큰 덩치의 고양이였다. 크림이는 우리에게는 별 관심이 없다는 듯 무관심한 표정을 한 채 살포시 눈을 감고 잠이나 잘 태세였다. 쥐가 날 정도로 다리를 쭈그리고 앉아 눈 한 번이라도 마주치려고 들여다봤지만 결국 이날은 별다른 인사 없이 얼굴만 슬쩍 보고 집으로 돌아와야 했다.

사실 나는 이 고양이가 되레 나에게 확신을 주길 바라고 있었다. 우리가 정말 묘연일까? 하는 마지막 의구심은 고양이의 작은 몸짓 하나에도 스르르 녹아 사라질 것이 틀림없었기 때문이다. 아쉽게도 예상했던, 혹은 기대했던 교감은 없었다. 하지만 별 소득 없는 이날의 만남은 오히려 다른 종류의 끌림으로 마음을 일렁이게 했다. 크림색 털에 파란 눈, 집에서 예쁨받으면서 지내면 지금보다 훨씬 더 좋아질 게 분명한데……. 무엇보다 왠지 시무룩해 보이는 표정이 마음에 걸렸다. 보호소가 당연히 내 집이라는 듯, 새로운 사람에게 관심을 보이지 않는 그 시큰둥한 얼굴이 오히려 자꾸 눈에 밟히는 것이었다. 애초에 나는 이 고양이가 우리가 가족이 되어야 할 그럴 듯한 이유를 찾고 있었던 건지도 모르겠다.

보호소에서 아무리 오래 머물러도 그곳이 집이 될 수는

없다. 보호소 묘사에는 사람을 보고 무작정 몸을 비비며 적극적으로 애정 표현을 하는 아이도 있었다. 자기는 보호소도 괜찮다는 듯 눈을 껌뻑이고 있던 그 크림색 고양이는 또 앞으로 얼마나 오랫동안 보호소에 머물게 될까?

이미 마음은 결정되어 있었다. 어땠어, 우리 그 아이랑 괜찮을 것 같아? 남편에게 묻자 그도 잠깐의 만남이 마음에 여운으로 남은 듯 고개를 끄덕였다. 그날 밤, 우리는 저녁을 먹다 말고 보호소에 크림이를 입양하고 싶다고 연락했다. 그리고 바로 다음 날 서둘러 우리 집 셋째를 집으로 데려오기로 결정했다. 보호소에서 데리고 나오기도 전에 연한 노란빛 털을 보고 벌써 '달'이라는 이름을 지어두었다. 그 은은한 빛처럼 우리가 서로에게 스며들길 바라면서.

△△
또다시 아픈
고양이와의 만남

고양이를 키우고 싶고, 키울 수 있겠다는 마음의 준비가 끝났다면 고양이를 입양하는 방법에는 몇 가지가 있다. 크게 나누어 보자면 펫숍이나 브리더를 통해 분양받는 것, 길고양이의 간택을 받는 것, 유기동물 보호소의 고양이를 입양하는 것이다. 개인의 상황에 따라서 다르겠지만 보호소를 너무 어렵게 생각하거나 기피할 필요는 없다. 보호소에도 어리고 예쁜 동물들이 많고, 그곳에 있는 동물들은 어딘가 하자가 있는 게 아니라 그저 책임감 없는 사람을 만났거나 운이 나빴을 뿐이다.

하지만 개인 구조를 통한 입양이나 보호소를 통한 입양에는 비용이 별로 들지 않는다는 것을 악용하여 고양이를 되파는 업자들이 있어서, 입양자에 대한 심사가 까다로운 편이다. 바로 결정하기 어렵다면 머물 곳이 필요한 동물을 임시 보호하는 방법도 있다. 임시 보호는 절차가 비교적 덜 까다롭고, 고양이를 키우기 전에 함께 살아볼 수 있는 기회가 주어지게 되며, 그 고양이가 가족을 만나기까지의 과정을 도와주는 의미 있는 일이기 때문이다.

그리고 입양이든 임시 보호든 집에 데려가기 전에는 우선 병원에 들러 아이의 건강 상태를 확인하는 것이 기본이다. 우리도 달이를 보호소에서 데리고 나와 바로 병원으로 향했다. 달이는 이동장에서 불안한 듯이 몇 번인가 커다랗게 울다가 이내 조용해졌다. 보호소에 있을 때는 동물이 워낙 많아서 몰랐는데, 차에 태우니 달이에게서 냄새가 심하게 났다. 목욕을 바로 시킬 수는 없고 며칠 적응 기간을 가진 뒤에나 시킬 수 있을 텐데, 노란 털을 물끄러미 바라보는 동안 내심 걱정이 되었다.

그런데 병원에 도착했더니 목욕이 문제가 아니었다. 달이의 냄새는 몸에서 나는 것이 아니라 입 냄새였던 것이다. 선생님은 반항 한 번 하지 않는 순하디 순한 달이의 입을 벌려서 우리에게 보여주며 어두운 표정을 지어보였다.

"보이시죠? 구내염이 아주 심한 상태예요."

"네? 지금도요? 아……."

나는 봐도 잘 몰랐지만 몇 개 남아 있는 이빨이 심하게 썩은 것처럼 보이는 건 알아볼 수 있었다. 입 주변도 침 때문에 갈색으로 변해 있었다. 이전에 구내염으로 거의 대부분의 이빨을 발치하여 지금은 다 나은 것으로 알고 있었는데, 아직도 구내염이 심하게 진행되고 있었던 것이다.

"그러면 어떻게 해야 해요?"

"구내염은 안 나아요. 평생 약 먹이셔야 돼요."

"평생이요?"

구내염은 보통 모든 이빨을 발치하면 완치된다고 알려져 있는데 그게 경우에 따라 다르다고 한다. 발치를 해서 낫는 경우도 있지만 그렇지 않은 경우가 많기 때문에 약을 꾸준히 복용해서 관리해야 한다고. 만난 지 겨우 하룻밤에 안 된 고양이가 평생 약을 먹어야 하는 몸이라는 말을 들으니 일순 마음이 무거워졌다. '헉, 하필……' 하는 마음이 들지 않았다면 거짓말일 것이다. 더구나 아픈 고양이와 살아본 적이 있기 때문에, 집에 매일 약을 먹여야 하는 고양이가 있다는 것이 간

단한 일은 아니라는 걸 알고 있기 때문이다. 수의사 선생님이
애매하게 덧붙이셨다.

"건강한 고양이를 데려오지 그러셨어요."

　그런데 그 말을 듣자 갑자기 번뜩 정신이 들었다. 물론 원
래 건강한 고양이를 이어서 건강하게 키우는 것이 가장 좋을
것이다. 하지만 우리가 데려오지 않았으면 달이는 보호소에
서 구내염인 줄도 모르고 또 한동안 그렇게 지내야 하지 않았
을까? 적어도 달이는 우리를 만나서 치료받고 조금 더 질 높
은 삶을 살게 될 기회를 얻은 것이 아닐까? 혹시나 달이를 입
양한 걸 후회하는 마음이 들까 봐 스스로 경계한 것은 사실
이지만, 너무 순하고 착해서 더 짠한 달이를 보고 있자니 그
래도 차라리 다행이라는 생각도 들었다. 구내염은 적어도 죽
는 병은 아니다. 물론 스테로이드 약을 처방받았고, 오래 먹으
면 부작용이 생기는 약이라 신중한 관리와 판단이 필요할 것
같다. 오래 복용하면 점점 피부가 얇아지다 피가 맺히고 터진
다는 무시무시한 부작용 사례를 보니 겁이 덜컥 나기도 했다.
하지만 할 수 있는 데까지 힘껏 치료하고 관리하면 적어도 지
금보다는 나은 삶이 될 것이다.

예전에 한쪽 눈이 적출된 고양이를 입양한 부부를 만난 적이 있다. 그들 부부는 고양이 한 마리를 이미 키우고 있었고, 둘째 계획은 전혀 없었다고 한다. 그런데 우연히 한쪽 눈이 없는 그 고양이를 보는 순간 마음이 동해 둘째로 입양하게 되었다는 것이다. 눈이 불편한 건 조금도 문제가 되지 않는다고 했다. 이런 일들을 보면 '묘연'에 대해 생각하게 된다. 사람이 제 짝을 찾아 만나는 것처럼, 어딘가 아픈 고양이를 만나는 것도 우리가 결국 만나야 하기 때문인지도 모르겠다.

아직 달이가 우리를 썩 마음에 들어 하는지에 대해서는 확신이 없다. 밥 먹을 때 빼고는 자꾸 시무룩한 얼굴을 하고 있다. 하지만 길고양이였던 첫째 제이, 대학가에 버려진 유기묘였던 둘째 아리와 가족이 되면서 배운 건, 사랑하는 마음은 반드시 통한다는 것이다. 바깥의 복도에 사람 소리만 나도 소파 밑으로 숨어버리는 이 겁 많은 고양이도, 언젠가는 우리가 곁에 있다는 것만으로 마음을 놓고 안심할 수 있는 날이 올 것이다. 우리가 달이를 선택했듯, 달이도 우리에게 마음을 열기를 기다리기로 했다.

△△

말 안 듣는 고양이와
말이 안 통하는 고양이

문득 등줄기가 서늘해진 것을 느낀 나는 휙 고개를 돌려 부엌을 쳐다보았다. 가스레인지 대신 쓰고 있는 전기레인지 위에 커다랗고 노란 털 뭉치가 덜렁 올라가 있는 것이 보였다. 1초 정도 내 눈을 의심하다가 벌떡 일어나 전기레인지 앞으로 달려갔다. 화구에 열기를 올리기 위해서는 손가락으로 잠금 장치를 두 번이나 풀어야 하는, 아이도 없는 우리 집에서는 번거롭기 그지없던 기능이 쓸모가 있다는 것을 처음 알았다.

이 커다랗고 노란 고양이는 험상궂은 표정을 지으며 전기레인지 앞으로 달려온 나를 눈 하나 깜빡 않고 빤히 올려다보았다. '쓰읍!' 소리를 내어도 태연하게 고개를 돌릴 뿐이다. 할 수 없이 한숨을 내쉬며 달이를 들어 내려놓았다. "여기는 올라가면 안 돼! 위험해!" 일단 말은 해보았지만 달이는 듣는 척도 하지 않고 두어 걸음 걸어가서 발라당 누워버렸다. 이

고양이는…… 그래, 백지다. 새하얀 도화지다. 문명화되지 않은 늑대소년 같은 존재다. 보호소에서 입양한 지 한 달이 채 되지 않은 달이와 살아가기 위해서는 일단 그 점부터 인정해야 했다. 첫째와 둘째는 '쟤가 뭘 하는 거지?' 하는 얼굴로 금지된 곳을 죄책감도 없이 헤집는 셋째 달이를 멀뚱멀뚱 쳐다보았다.

우리 집에는 고양이들이 들어갈 수 없는 곳이 딱 세 군데 있다. 첫 번째는 세탁실, 두 번째는 부엌의 전기레인지, 마지막으로 남편의 옷장이다. 남편은 고양이들이 옷장에 들어가려 할 때마다 '쓰읍!' 하며 허락하지 않는다는 의사 표현을 해 온 덕분에, 제이와 아리는 남편 옷장이 열려도 그 앞에서 고개만 넣어볼 뿐 안으로 발을 들이지는 않는다. 나는 옷에 고양이 털이 묻는 것에 별로 신경 쓰지 않는 편이라 고양이들도 내 옷장에는 그냥 성큼성큼 들어간다. 나의 경우에는 들어가지 못하도록 가르치는 것보다 들어서 꺼내는 게 편해서 그냥 내버려두지만, 싱크대나 전기레인지는 올라가는 것만으로도 위험해서 최대한 주의를 시켜왔다.

물론 고양이는 사람이 아니기 때문에 집사가 원치 않는다는 것을 알면서도 그런 행동을 할 때가 있다. 싱크대 위를 걸어 전기레인지 쪽으로 사뿐사뿐 걸어가는 아리를 발견하면 "아리야!" 하고 불러 경고를 한다. 아리는 자신의 행동이 들켰다는 것만으로 체념하고 싱크대 아래로 뛰어내린다. 고개를 들며 "냐아아앙!" 하고 앙탈을 좀 부리긴 하지만. 더 어릴 때 입양해온 제이는 (정말 못 참을 때가 아니면) 아예 시도 자체를 하지 않는 편이다.

반면 가정집에서의 생활이 어쩌면 처음일지도 모르는 달이는 그야말로 '무법묘'였다. 달이는 밥 줄 때가 되면 서슴없이 싱크대 위로 뛰어 올라온다. 남편이 옷장 문을 열면 어디선가 바람처럼 달려와 당연하다는 듯이 그 안으로 들어간다. 남편과 야식을 먹고 있으면 내 무릎을 짚고 올라와 얼굴부터 들이민다. 이불 속에서 꼼지락거리는 것이 사냥감이 아니라 사람의 손이나 발이라는 생각은 아예 못하는 눈치다. 그게 어이없고도 웃겨서 우리 부부는 요즘 언제 사고를 칠지 모르는 달이에게 눈을 떼지 못하고 있다.

우리는 가끔 아리를 보고 '말 참 안 듣는 고양이'라고 혀를 찼다. 아리는 사람 말을 다 알아들으면서 고집을 부리는 듯한 태도가 있기 때문이다. 사람도 지지 않고 '안 된다'고 집요하게 말하면 결국 포기하면서도 이해가 안 된다는 얼굴로 애옹애옹 불평을 늘어놓는다. 하지만 아리가 말 안 듣는 고양이라면, 달이는 아직까지 '말이 안 통하는 고양이'였다. 우직하게 자기만의 길을 걷는 이 순진하고 귀엽게 생긴 고양이를 어찌해야 하지? 덕분에 나는 마치 아직 '엄마'도 말하지 못하

는 첫 아이를 기르는 초보 엄마의 마음이 되어 초심을 다지고
있다. 낫 놓고 기역 자부터 가르치는 마음으로 우선 전기레인
지가 위험하다는 것만은 꼭 알려주어야지.

고양이들 쪽에서는 어떻게 생각할지 모르겠지만 반려묘
와 살아가다 보면 어느덧 말하지 않아도 서로의 말이 들리는
것 같은 생활을 하게 된다. 고양이는 고양이답게 살게 두자는

것이 우리의 최우선적인 원칙이지만 함께 살아가다 보면 알게 모르게 서로의 습관이나 의사를 맞춰간다는 느낌이 생긴다. 우리가 서로 눈을 마주보는 것으로, 또 말소리로 마음이 통하게 될 날은 아직은 멀었을지도 모른다. 하지만 나를 엄마로 알고 어린 시절을 보낸 것도 아닌 다 큰 성묘가 어느 순간 나에게 마음을 열었다고 느낄 때의 그 기분은 무엇과도 비교할 수 없는 행복이다. 아직 늑대소년 같은 달이와도 마음으로 대화하는 날이 언젠가 오겠지. 느긋하게 그날을 만들어가는 과정도 반려동물과 함께 살아가는 이들만 느낄 수 있는 즐거움일 것이다.

△△
아픈 동물과
살아간다는 것

구내염이 심한 달이에게는 한동안 항생제와 스테로이드를 먹여서 급한 불만 끈 뒤, 수의사 선생님과 상담하여 상태를 지켜보면서 꾸준히 관리하기로 했다. 스테로이드를 오래 먹여서 좋을 게 없으니 가능하다면 다른 길로 돌아서 가는 방법도 찾아보고, 어느 정도 적응이 되면 일단 남은 이빨도 마저 발치를 해야 할 듯했다.

달이는 먹을 것을 보면 앞뒤 가리지 않고 달려들어 무릎을 짚고 서서는 급한 마음에 발톱을 세웠다. 실내에 있는 화장실이 마음에 안 드는지 베란다에 있는 화장실을 쓰겠다고 고집을 부리다가, 베란다 문이 닫혀 있던 날엔 방바닥에 오줌 테러를 했다. 그래놓고 꿈벅이는 예쁜 눈으로 태연히 쳐다보며 뭘 잘못했는지 모르겠다는 순진무구한 얼굴로 나를 무장 해제시켰다. 결국 그 자리에 밥그릇을 놓아서 거기가 화장

실이 아니라는 걸 알려주고, 달이의 마음에 쏙 들 만한 새 화
장실을 사고, 체중 조절을 위해 사료 양을 조절하면서 우리는
조금씩 서로에게 필요한 것과 서로가 원하는 것을 알아가고
있다.

　동물과 생활 습관을 맞춰가는 것은 양보와 배려가 필요
한 일이다. 특히 아픈 고양이들에게는 조금 더 세심한 관찰과

보살핌이 있어야 한다. 개는 몸이 아프면 자신이 속한 무리에 피해가 된다는 걸 본능적으로 안다고 한다. 그래서 아픈데도 자신을 버리지 않고 보살펴주는 가족들에게 무척 고마워하고 있을 거라는 이야기를 TV에서 본 적이 있다. 반면 고양이는 몸이 아프면 자신이 아프다는 것을 숨기려 애쓴다. 집고양이들도 여전히 그런 본능이 남아 있어서, 아픈 고양이들은 자꾸 구석진 곳에 혼자 웅크리고 불편한 곳에 손이 닿으면 화를 내며 몸을 숨기려고 한다. 그래서 고양이는 떠날 때가 되면 어디론가 사라진다는 속설도 있다. 아마 몸을 회복할 때까지 숨어 있을 만한 곳을 찾아 머물다가 회복하지 못하고 떠나게 되는 게 아닐까 싶다.

매일 약을 먹거나 주말마다 병원에 가야 하거나, 그렇지 않더라도 늘 집사가 주의를 기울여야 하는 아픈 고양이가 집에 있다는 것은 생각보다 에너지가 많이 드는 일이다. 늙은 동물을 키우는 것도 그와 비슷하다. 귀찮고, 불편하고, 힘이 든다. 늙고 병든 동물을 돌보는 것은 내 삶이 이 작은 동물을 중심으로 돌아가야 한다는 의미다. 점점 걷지 못하고, 알아서 배변을 가리지 못하고, 몸에서 냄새가 나고, 사료를 오도독 씹어 먹지 못해서 따로 소화가 잘 되는 음식을 매 끼니마다 마련해주어야 할 수도 있다. 집안에 죽음이 가까운 생명이 있다는 것을 머릿속에서 떨쳐내기는 아주 어렵다. 온종일 바로 그 사실에 나의 일상과 중심이 매여 있는 듯한 기분이 들기도 한다.

아마 함께해온 시간과 마음이 없다면 좀처럼 할 수 없는 일일 것이다. 긴 병에 효자 없다고도 하지 않던가. 사랑스러운 반려동물이지만, 사람인지라 가끔은 짜증나고 화가 날 수도 있다. 그게 버거워서 안락사를 선택하는 경우도 있다고 한다. 한편 전업주부인 아내가 남편 몰래 강아지 병원비로 몇백만 원을 쓰고는 그걸 혼자 갚느라 고생했다는 사연도 들은 적 있다. 그만큼의 돈을 써야 한다는 말을 들으면 남편이 안락사 시키라고 할까 봐 그랬다고 한다.

동물의 일평생을, 그중 귀엽고 사랑스러운 시기를 지나 병들고 귀찮아지는 시기까지를 통틀어 함께하는 것에 대하여 사람들은 다양한 방법으로 각자의 선택을 한다. 어리고 귀여운 동물은 대개 사랑받지만 결국은 사람의 선택에 의해 그 삶의 마무리가 결정된다. 우리는 이 작고 약한 생명을 어떻게 대해야 할까. 그 답은 다시 우리의 삶에 있다고 나는 여긴다. 우리는 동물들의 시간과 삶을 통하여 천천히 늙음과 죽음에 대해서 배우고 있는 것은 아닐까 하고. 질병과 늙음, 그건 언젠가 우리에게도 일어날 일이다.

△△

그러니까 지금이
가장 소중하다

TV에서 고양이를 키우는 연예인이 나와 자신의 반려묘에게 '세상에서 제일 예쁜 고양이'라고 말하는 걸 보고 나도 모르게 제이를 쳐다봤다.

> "제이야, 세상에서 제일 예쁜 고양이는 너 아니었어? 저기 또 있나 보다."

내가 실없이 웃으며 뽀뽀를 하자 제이는 그 수식어에 하나도 관심 없다는 표정으로 일어나 기지개를 쭉 폈다. 부드러운 갈색 털에, 말랑말랑한 분홍색 젤리, 가끔 깡패처럼 치켜뜨는 눈매까지, 내가 보기에는 예쁘지 않은 구석이 없었다. 우리 집에 놀러오는 친구들은 다들 회색 품종묘인 아리나 연한 노란빛 털의 달이가 예쁘다는데, 어떤 사람은 '호랑이 같아서 무섭다'고 하는 제이의 삼색 털이 내가 보기에는 세상에서 제일 매력적이다. 꼭 내 아픈 손가락이라서 그런 게 아니라…….

제이가 그 작은 앞다리를 쭉 뻗어 내 팔이나 얼굴에 가져다 대면 따끈따끈한 젤리의 체온이 느껴지곤 했다. 뒤늦게 본 드라마 〈별에서 온 그대〉에서 예고 없이 자기 별로 사라져버리는 외계인 남자주인공과 지구인 여자주인공이 서로를 더 뜨겁게 사랑하게 된다는 엔딩이 나온다. 헤어짐의 위기를 느껴봤기 때문에 오히려 지금에 충실하게 되는 마음을 이제는 나도 알 것 같았다. 우여곡절 끝에 긴 항암 치료를 마친 이후 나는 이전보다 훨씬 자주 제이에게 사랑한다고 말해주고 있다.

사람이 죽으면 저 하늘에서 먼저 떠난 개가 마중 나온다는 '개 마중'에 대한 이야기를 보고, 고양이를 키우는 한 이웃이 웃으며 말한 적이 있다.

"요 고양이들도 마중 나올까요? 이 녀석들 시크해서……."

혹시 늘어지게 낮잠을 자느라 마중 나오는 걸 깜빡 잊더라도, 내가 제이를 얼마나 사랑했고 제이가 얼마나 사랑받으며 살았는지 꼭 기억해줬으면 좋겠다. 언젠가 제이가 내 곁에서 떠나더라도, 내 사랑을 듬뿍 이불처럼 덮어 포근한 길을 걸어갔으면 좋겠다. 그래서 자꾸만 제이에게 사랑한다고, 원래는 입에 잘 붙지도 않았던 그 말을 나는 수없이 속삭여준다. 그것만이 언젠가 맞이할 이별의 순간에 나를 위로해주는 유일한 기억이 될 것 같기 때문이다. 물론 아리와 달이에게도 마찬가지다.

아마 고양이를 키우는 삶을 평생 살고 싶지 않은 사람들도 있을 테고, 같은 애묘인이라 해도 내 방식이 너무 유난인 것처럼 보일 수도 있을 것이다. 꼭 어떠한 삶이 정답인 것은 아니기 때문에, 고양이를 가족처럼 여기는 삶을 이해할 수 없는 사람들의 마음도 나는 존중하고 싶다. 다만 가치관이 다른 사람들끼리 결혼을 했을 때 그 부분에 대해 의견을 좁혀가고 타협하는 과정은 서로를 위해서 꼭 필요할 것이다. 많은 대화, 그리고 어쩌면 내가 했던 것보다 더 많은 배려와 양보가 있어야 할 것 같다.

그러나 내 남편이 반려동물과 함께하는 삶을 차츰차츰 이해하고 자신의 삶에 기꺼이 들여놓아주었다는 사실이 나는 무엇보다 기뻤다. 생애 첫 반려동물의 기나긴 항암 치료의 여정에 함께해준 그는 이제 동물과 함께 살아가는 법을 배우고 있다. 그 과정이 결코 쉽지는 않았을 텐데, 기꺼이 새로운 삶

을 받아들여준 그에게 새삼 고마운 마음이 들기도 했다.

　한 생명과 살아간다는 것은 세상을 홀로 살아가는 것보다 마음 졸여야 할 일이 많을 수밖에 없다. 짐스럽고, 고민되고, 때로는 좀 더 강해져야 한다. 하지만 적어도 우리는 지금 서로와 함께하고 있다. 힘들거나 괴로운 순간을 그 작은 고양이 홀로 겪어내도록 내버려두지 않아도 된다. 여전히 제이에게 일어난 일의 원인과 과정이 명쾌하지 않기에, 제이에게는 아직도 기적이 필요한지도 모른다. 하지만 우리는 함께 있는 매 순간을 마음 깊이 소화시켜 감사하게 되었다. 아직 미래를 알 수 없는 제이의 삶이 어떤 식으로든 해피엔딩이었으면 좋겠고, 제이뿐 아니라 지금 이 순간에도 아픈 고양이들에게 큰 행운과 기적의 가능성을 나누어주고 싶다.

제이가 처음 치료를 시작할 즈음, 나는 인터넷에 수없이 많은 키워드로 고양이의 암에 대해서 검색했다. 얻을 수 있는 정보는 거의 없었지만, 실낱같이 스쳐가는 단어 하나만 있어도 그 글을 정독하며 제이의 병에 대해서 조금이라도 더 알기 위해 애썼다. 그 후 제이의 치료기를 나의 브런치에 일부 연재했는데, 최근까지도 가끔 문의가 온다. '저희 고양이가 림프종이라는데, 제이는 지금은 어떻게 지내고 있나요?'

내 고양이와 같은 사례를 찾다가 우연히 제이의 이야기를 읽고 낯선 이에게 연락을 취해보는 그 마음을 너무나 잘 알기에, 가능한 한 최선을 다해 답변해드리고 그 고양이들의 회복을 빌고는 한다. 다만 병원이나 치료비, 치료 과정 등을 대답해드릴 수는 있지만, 그게 꼭 제이의 회복과 관련이 있다고는 볼 수 없을 것 같다. 결국은 '자신에게 최선이라고 생각하는 판단을 믿을 수밖에 없는 것 같다'는 나의 생각을 조심스레 덧붙인다.

두 번째 재발 이후로도 2년여의 시간이 흐른 지금까지 제이는 무척 건강하게 잘 지내고 있다. 아직도 제이가 정말 림프종이었는지, 지금도 엑스레이에 보이는 몸속의 하얀 덩어리는 뭔지, 그게 없어지지 않아도 앞으로 건강하게 살 수 있는 것인지는 잘 모른다. 이제 제이가 완전히 회복한 것인지, 회복했다면 항암 치료가 완전히 유효했던 것인지도 사실 명확히 답할 수 없을 것 같다. 그래서 이 글은 누군가에게 의학적인 도움이 될 리 없지만, 그저 우리가 고양이와 함께 살아가는 하나의 방식이라고 여기며 읽어주셨기를 바란다.

반려동물을 키운다는 건 작고 귀여운 어린 시절뿐 아니라 늙고 병드는 마지막 순간까지를 책임진다는 의미라는 걸 안다. 그러나 그 책임의 방법에서 무엇이 정답이라고 말할 수는 없을 것 같다. 한 생명에 대한 선택권을 하나부터 열까지 짊어진다는 것은 무겁고 버거운 일이다. 과연 어떤 판단과 결정이 우리 모두를 위한 것일까, 그것조차 알 수가 없다.

이별을 앞두고 있을 때는 '후회 없이'라는 말도, '마음의 준비' 같은 말도 좀처럼 와닿지 않는다. 얼마 전에 만난 분은 2년이나 매일 약을 챙겨 먹이며, 한 달에 50만 원씩 병원비로

쓰며 노견을 돌보다 떠나보냈는데도 못해준 것만 생각난다며 안타까워했다. 어떤 이별이라도 후회는 남기 마련이다. 우리가 할 수 있는 것은 함께 보낼 시간이 영원하지 않음을 때때로 기억하고 지금 이 순간에 더 많이 사랑을 나누는 것뿐이다.

이 글을 처음 시작할 때만 해도 반려묘는 제이 한 마리였는데 지금은 어느새 세 마리가 되었다. 앞으로 내게는 세 마리만큼의 이별이 기다리고 있다는 뜻이기도 하다. 하지만 제이는 지금 건강하고, 둘째 아리는 제 덩치는 생각하지 않고 늘 내무릎이나 가슴팍에 올라와 나를 숨 막히게 하고, 셋째 달이는 남편의 옆자리에서 맛있는 걸 찾으며 코를 킁킁거리곤 한다. 그걸로 지금의 나는 충분히 괜찮다. 가을방학의 노래가사처럼 '언젠가 너로 인해 많이 울게 될 거란 걸' 알지만 그 아픔까지도 지금 내가 누리는 행복에 매겨지는 값이라 생각하고 싶다.

마지막으로 내 인생에 나타나준 사랑하는 세 고양이, 그리고 고양이가 있는 삶에 기꺼이 함께 들어와준 남편에게 진심으로 고마운 마음을 전하고 싶다. 더불어 혹 아픈 반려묘에 대한 걱정으로 이 책을 집어든 모든 집사님들 곁에 있는 고양이의 건강을, 행복을 진심으로 응원한다.

길고양이로 사는 게
더 행복했을까

하루하루가 더 소중한 시한부 고양이 집사 일기

초판 1쇄 발행 2018년 10월 18일

지은이 박은지
펴낸이 성의현
펴낸곳 미래의창

편집주간 김성옥
책임편집 문주연
본문 디자인 박고은

등록 제10-1962호(2000년 5월 3일)
주소 서울시 마포구 잔다리로 62-1 미래의창빌딩(서교동 376-15, 5층)
전화 02-338-5175 **팩스** 02-338-5140
ISBN 978-89-5989-554-0 03810

이 도서의 국립중앙도서관 출판예정도서목록(CIP)은 서지정보유통지원시스템 홈페이지(http://seoji.nl.go.kr)와
국가자료공동목록시스템(http://www.nl.go.kr/kolisnet)에서 이용하실 수 있습니다.(CIP제어번호: CIP2018029566)

미래의창은 여러분의 소중한 원고를 기다리고 있습니다. 원고 투고는 미래의창 블로그와 이메일을
이용해주세요. 책을 통해 여러분의 소중한 생각을 많은 사람들과 나누시기 바랍니다.
블로그 www.miraebook.co.kr 이메일 miraebookjoa@naver.com